最美的时光里,
容不下最美的爱情。

谢素军 著

最美的时光里,
容不下
最美的爱情

图书在版编目（CIP）数据

最美的时光里，容不下最美的爱情/谢素军著．--北京：新世界出版社，2016.10

ISBN 978-7-5104-5854-5

Ⅰ.①最… Ⅱ.①谢… Ⅲ.①长篇小说—中国—当代 Ⅳ.①I247.5

中国版本图书馆 CIP 数据核字 (2016) 第 147020 号

最美的时光里，容不下最美的爱情

作　　者：谢素军	
责任编辑：余守斌	
责任印制：李一鸣　黄厚清	
出版发行：新世界出版社	
社　　址：北京西城区百万庄大街 24 号（100037）	
发 行 部：(010) 6899 5968	(010) 6899 8705（传真）
总 编 室：(010) 6899 5424	(010) 6832 6679（传真）
http://www.nwp.cn	
http://www.nwp.com.cn	
版 权 部：+8610 6899 6306	
版权部电子信箱：nwpcd@sina.com	
印　　刷：北京嘉业印刷厂	
经　　销：新华书店	
开　　本：880mm×1230mm　1/32	
字　　数：188 千字　　印　张：8	
版　　次：2016 年 10 月第 1 版　2016 年 10 月第 1 次印刷	
书　　号：ISBN 978-7-5104-5854-5	
定　　价：32.00 元	

版权所有，侵权必究

凡购本社图书，如有缺页、倒页、脱页等印装错误，可随时退换。

客服电话：(010)6899 8638

序 言

在学校的时候,他们都叫我十九号师兄,我挺喜欢这个名字,因为我喜欢的那些女孩子,她们叫起来特别甜,让我有点飘飘然,而且,正是这种飘飘然,让我与她们发生了许多意想不到的故事。

女孩子其实大多是师妹,所以,当有一天,我坐在电脑前,以一个"键人"的身份打出一字一句时,觉得她们就在我身边,而我,正与她们一个一个地对话,我愿意用这种方式去怀念。

与师妹发生的故事多了,自然会有爱有痛,尤其是那些爱情,尽管有人并不承认那些爱情,让我总有些惆怅,过去了,终究是过去了。

不过,我必须强调的一点是,与师妹发生故事,并不代表我和师妹的关系不正当,相反,很多时候是因为太过正当了,才让我陷入被动,陷入无法挽回的些许境地。

但我不后悔,当那些故事跃然纸上,突然发现,和师妹在一起的日子是幸福的，以后再也不会有那样的日子出现。

回到我的书上，我的书其实很简单，五个篇章，每个篇章都有自己的主题，每个主题都有自己的不一样的故事，你看得到开头，却并不一定猜得到结尾。或者说，有些故事本身就没有结尾，我也不希望有结尾。

相反，我希望有个开始，尽管我并不大相信，离开学校后还会不会有师妹那样的女人，但我还是抱着这样一种期待，仅此而已。

序言

第一篇　追一个女孩需要多长时间

她的名字叫恋 / 02
刹那爱情 / 04
我是登徒子 / 07
我是柳下惠 / 09
雾里看花 / 13
替补 / 16
假动作 / 18
牡丹花开 / 21
丘比特的子弹 / 24
爱上一片从未去过的土地 / 27
搭讪记 / 29
一路有谁 / 32
放下爱情立地成佛 / 34
万胜围中转不了爱情 / 37
学术版松土哥 / 40
雨霖铃 / 43
追女孩的马克思主义哲学 / 46

第二篇　与一个女孩谈场恋爱的内容

谁是谁的谁 / 52

十面埋伏 / 54

心相印 / 57

情敌 / 59

哲学家的爱情 / 62

师妹公敌 / 64

背叛是一种幸福 / 66

山楂树失恋 / 70

那是青春，不是痘 / 72

搭校车 / 75

圣诞结 / 78

耍流氓的爱情 / 80

我和居里夫人 / 83

忠贞一号 / 87

没有伞的孩子必须努力奔跑 / 89

女友163 / 92

节日快乐 / 94

如果这都不算爱 / 98

第三篇　远离一个女孩的千万种理由

师妹的危机 / 104

十三号街的少女 / 106

慢热 / 109

校花 / 112

谢谢你的信任 / 114

寻找一个消失的牌子 / 118

爱走不过轮回 / 120

"剩单"夜不孤单 / 123

魔障 / 126

烟花易冷 / 128

请苏北北接通服务 / 131

爱的反面不是恨 / 134

每一种寂寞都值得原谅 / 136

属于江湖的朱丽叶 / 138

王子，请你不要爱上妖精 / 140

第四篇　写给一个女孩的赞美诗

在毕业那天放生 / 146

神女来电 / 148

同学，您好像我未来的女朋友 / 151

复仇进行时 / 153

无厘头师妹的战争 / 155

那些年，我们班没有女孩 / 159

当kiss向你袭来 / 162

爱情攻略图 / 165

爱情墙 / 170

第三段爱情 / 172

第九段爱情 / 175

关于爱情的秘密报告 / 180

了你个去 / 183

每一个胖子都有恋爱的权利 / 187

马里亚纳海的爱情灯 / 190

第五篇　因为一个女孩的校园往事

　　志愿者笔记 / 194

　　每个人都有属于自己的秘密 / 196

　　募捐猛如虎 / 200

　　生命中的五只老鼠 / 203

　　寻找唐伯虎 / 206

　　内疚书 / 208

　　校园达人排行榜 / 212

　　去香港跟博导谈谈 / 218

　　这个师傅不太狠 / 221

　　爸，我有钱 / 223

　　博士姐 / 226

　　在斗争中成长 / 231

　　我是传奇 / 233

　　为小白兔鄙视我们的爱情 / 237

　　黑白无常 / 240

　　爱莲说 / 243

　　请让我留广州吧 / 246

第一篇

追一个女孩需要多长时间

她的名字叫恋

她的名字叫恋，恋爱的恋。

我把她的位置选在最前，不是为听主持人背台词，而是为她每个微笑与顾盼。我不想放过她任何一个小动作，因为在看到她的第一眼，我决定谈一场关于旗袍的恋爱。

她是学院礼仪小姐，那件淡红的旗袍一直没人穿，说是没人有这个身段，可那个叫恋的女孩，用一条曲线画出了最完美的答案。

有多少男生在关注她，这个并不重要，我只要你知道，最深情、最专注的那双眼睛，它长在我鼻子上。可凌莉不这么认为，她只说了两个字：色狼。这我并不在乎，君子好色而不淫色，再说，一见钟情，这四个字足以证明一切。

我知道凌莉只是嘴上说说罢了，只要我把要求唠叨三遍，她就会认真考虑一下，这个时候，再推出一顿晚饭，必定是手到擒来。所以，不费吹灰之力，我得到了最重要的信息。

她的名字叫恋，恋爱的恋。

我急切地给她发了短信，说，我爱旗袍，淡红色的旗袍。她没回短信，但我知道，游戏已经开始。

她的名字叫恋，却像从未恋过，虽然我们只是短信联系，但我发现，她就像一张白纸，无论我怎么画，她都不懂，当然，我不能肯定她是不是真的不懂。

但我希望她是真的不懂，因为在若干天后，我发现了一个致命的错误。到底是凌莉的错还是我的错，这种争论已经毫无意义，重要的是，我该如何面对接下来的游戏。我在另一场晚会上看见恋，还是那件旗袍、还是那种微笑，我兴奋地发短信给她，就一句话：我的眼里只有你。她竟然回短信了，说，我在砚湖边。她这是叫我过去，那一刻我才知道，原来她是懂的。可眼前这个女孩，这个我心里的恋，她分明地站在舞台边，除了偶偶微笑一下，根本就没动过。很显然，短信不是她发的。

凌莉跟我解释，那天你分明不是指鹃，而是她身边的恋嘛！怎么可以怪我。我不想争辩，恋的旗袍是红色，鹃的才是淡红色，反正一切都已发生，无可挽回。可我的爱呢，是否还要继续？当然，我发誓。

她的名字叫鹃，杜鹃的鹃。

可鹃说，你怎么可以这样，恋可是我舍友，小心我告诉她。我不想再翻来覆去地解释淡红色与红色的区别，就算她骂我移情别恋，那也只是我活该，我只想让她明白，我爱的女孩，她的名字叫鹃。

可鹃躲起来了，无论我怎么发短信，她就是窝在宿舍不出来，即便在这杜鹃花开的日子。她深知，有恋在宿舍，我是不敢去找她的。是的，我不敢，因为我肯定，恋的眼神足以杀死一切，尤其是我。

如果不是恋的一席话，我想这种误解会陪伴终生。那天在食堂，约凌莉吃饭，恋竟然也坐过来，我局促不安，倒是恋大大咧咧地讲：其实我早知道你喜欢的是鹃，因为你的第一条短信里就说是淡红色，可惜，我没机会把淡字去掉。恋还说，没关系，我们是朋友，下午我和凌莉去逛街，或许，你可以去我宿舍看看。

我伤心欲绝，这就是恋，有心的恋。

其实那个下午，我哪也没去，只是一个人静静坐在电脑前，听歌，听一首关于失恋的歌。

刹那爱情

我挺喜欢曼妮，不能自拔的喜欢。

如果硬要我说出个理由，从骨子里讲，我有种被色诱的感觉，每次碰见曼妮，她总是那么火辣，低胸、短裙、妩媚的笑，让人想入非非，哪怕是在课堂上。很多时候，我都会觉得自己很无耻,曾经不止一次告诫自己,这样不对,但一到关键时刻,就控制不住自己,就想再靠她近一点,为她赴汤蹈火、为她不惜一切。

但我又不愿表现什么,虽然我知道自己如果做点什么,曼妮一定会高兴,说不定我们的关系会更进一步,比如说,她会狠狠地在我肩膀蹭一下,那正是我期待的,但也是我惧怕的,如果你硬要追问缘由,对不起,我不懂,但你可以听听后面的故事。

曼妮与我的火热发展,可谓风生水起,不知为同学们创造了多少饭后谈资,当然,这并未给我带来什么压力,我甚至有点飘飘然,有点想登堂入室,有点想快刀斩乱麻,正式建立一种叫恋爱的关系。

可惜,对于一个盲目的单相思者来说,时间总是过得太快,我还来不及表白,暑假就来了。曼妮要回家,我说,咱们一起回吧!请不要误会,我们还没到见双方父母的程度,我们只是老乡而已。正如我所料,曼妮欢天喜地说,好呀,我还以为你暑假不回去呢!

傻瓜,计划可以改嘛!漫漫旅途,该有多少故事发生。一起回家,我记得,启程前的那个晚上,我兴奋地翻来覆去,彻夜未眠。

对于喜欢什么样的女孩子,我一直没有什么标准,但那次旅途之后,我给自己定了个死原则,我的女朋友不能太开放,即便开放，那也只能对我一个人开放。我知道这样很不绅士、很不称时下女生的心，但我依旧坚持，因为我有我的理由，实践验证过的理由。

我只是那么谦让一下，那个男生，那个半路杀出的老乡，就真坐在曼妮旁边了，曼妮礼貌地笑笑，并未反对，这让我愤懑，当然，这种愤懑被我压在心底，甚至到底是针对谁，我也没搞清楚，总之，我不爽。

我以为这已是极限，没想到那男生是妙嘴生花，把曼妮逗得笑个不停，我亲眼看见，曼妮好几次用手拍打了那个男生，随着火车的摆动，两个人还会时不时做一次亲密接触，我嘴笨，好几次插话不成功，到后来，干脆不说了，直接看窗外的风景，心里很是有种不屑的感觉。

他们两人越来越火热，一起买了一大包零食，我说我不饿，继续看窗外的风景，后来，大概是累了，我发现那男生躺在椅子上，然后说不舒服，如是，曼妮的大腿就成了他的枕头。更滑稽的是，等那个男生起来时，曼妮似乎突然想起我，问我累不累，要不要躺一下，我看了一下她短裙下雪白的大腿，觉得格外恶心，不累，一点都不。

那个旅途的确发生了许多故事，可惜，男主角并不是我，从那以后，我对曼妮再也没有什么不对的想法了，不管在什么时候。倒是她曾主动发短信抱怨，主题大概是说那天火车上买零食，那男生现在竟然找她ＡＡ制。当然，这不关我的事。

我是登徒子

那天，到底怎么了，我想这辈子都说不清楚。

但我认为，既然是故事，就应该讲出来。我承认自己有点轻浮，有点登徒子，有点玩世不恭、甚至偷香窃玉，但那天，我发誓，我不是故意的。如果硬是要我描述当时的情景，那太简单了，有一部韩剧，它取了个很写意的名称——色即是空。那个猥琐的男主角，在食堂吃饭时，看到对面有个女孩，刹那春光乍泄，就是那一瞬间，他认定了那个女孩，并最终在爱情与色情之间给大家上了一堂精彩的伦理课。

三三，也是在食堂，虽然情节没电影中那么夸张，但确实，她背后那吊带就是在我眼前十厘米内松落的，惊诧之余，我做了一个很色情的动作，紧紧贴在她背后，直到她走到食堂一角。

她嘴里说谢谢，但眼神分明在挑衅：色狼，让你占便宜了。我笑笑，不置可否，像这种性格的女孩，如果要认识她，或者说抓住她，最好是少表现，我还特意把位置挪了挪，离她远点。

果然，五分钟后，她主动把餐具搬到我对面，说，我叫三三。结果，我不仅知道她叫三三，还知道她是大一的师妹，喜欢印象派的画，讨厌周杰伦的歌，曾为金岳霖而惋惜，但又爱徐志摩爱的死去活来。

显然，关于这些话题，一顿晚餐是不够谈的，所以，在谈及梁实秋与徐志摩的情敌关系时，我故意卖了个关子，接着又狠狠地酸了一把说，月上柳梢头，我们去湖边散步吧！

说实话，如果你不佩服我，我一定会鄙视你，或许鄙视我自己。砚湖边，我脸不红、心不跳，撒了进华师后最大的一个谎，我说，三三，你像陆小曼，不仅是身段，更是气质。就因为这个很罗曼蒂克的论断，柳叶随风飘舞，三三花枝乱颤，颤得不经意间，她拉住我的手，而我，也很配合地搂住她的腰。

这种态势是无法解释的，但也是不需要解释的，更何况人家三三都不问，自己又何必傻傻地自找麻烦。所以，我很自然地从搂过渡到抱，从蜻蜓点水转化为如膝似胶。当远处最后一丝余晖被黑暗吞没，三三已像一头柔软的绵羊，完全、彻底、毫无保留地依偎在我的怀里。

我是个多情的人，但绝不是个滥情的人，所以，你不必问我接下来有没有进一步发展，实话告诉你，没有，完全没有，而且，和三三的告别很和谐，没有丝毫拖泥带水。

在我第 n 次把脑海中一个叫 kiss 的单词砸碎后，三三终于懒洋洋地离开我的怀抱，甩了下刘海，然后莞尔一笑。那一刻，我发誓，虽然跟陆小曼风格迥异，但那种美，绝不会输给任何一个女孩，所以我有点后悔，后悔自己刚刚不做点什么，不给她留下点更深的记忆。

三三看我发呆，又笑了一下，我不由得又是一怔，这个时候，她突然踮起脚，嘴唇在我下颚碰了一下，我不知道这个动作具体代表什么，但我发誓，如果一万年后我还活着，一定对这个动作、这种感觉记忆犹新。

故事的结局很简单，三三转身离开，很洒脱，她给我抛下一句话，你不是我喜欢的那种，不过，你还有机会。你说，我还有机会吗？

我是柳下惠

那个女孩叫什么，我不知道，也不想知道。

这是原则，或者说是我和她之间的默契。为了避免那些烦琐的细节，关于与她如何相识，我决定只字不提，你只要记住，我和她是朋友，很铁的那种。

既然能够用铁这个字来形容，就意味着可以肯定两点，我们关系真的很好，还有，她是个直爽的女孩，至少在我面前是。

不过，她似乎患了QQ表情综合征，每次聊天，都会源源不断地发来各种图案，说实话，我讨厌这种幼稚的信息传递方式，即便是网友，那也得找个有点品位的，否则，我自己都觉得掉价。可是，我还是兴冲冲地要讲这个故事，因为接下来发生的事，绝不会让大家失望。

我怎么也没想到，那些QQ表情里的芊芊少女竟然是真有其人，而且，这个人就是她，她太美了，让我把持不住的美。当然，在下这个判断之前，我是进行了充分举证的，我不仅进了她的空间，还进了她的博客；不仅看了她的日志，还关注了别人的留言。如果说这些还可以说是造假，那么，当远在千里之外的她打开视频，那张唯美的脸呈现在我眼前时，我不得不承认，自己开始喜欢上了她。

请不要追问为什么，喜欢一个女孩，尤其是美女，对男人来说，不需要理由，更何况，她不仅是美女，还是才女。

但我必须坦白，自己首先是被她的美貌所吸引，或者说勾引。深夜、寂寞、美女，这三个关键词让我浮想联翩，总觉得会发生点什么，只是自己还没找到那个点，那个打开心灵之锁的点。所以，我必须去寻找，去挖掘、去创造。

这是一个需要引导的过程，我自信是一个成功的引导者，因为在最短的时间内，我知道了太多细节，比喻说，她是舞蹈系的女生，钢琴十级，她喜欢上一个美术系的男生，但那个男生不喜欢她，等等。我不知道她为什么愿意告诉我这些，我只知道自己终于找到了它，那个突破点。

那个男生喜欢她与否，这不重要，重要的是我和她之间，开始涉及喜欢这个词，涉及男女关系这个领域，当她的眼神再次迷离，当她的手指再次回避话题，我确定，她和我一样，在这个夜晚，有些许孤独，有些许寂寞，或许，还有些许想法。

我喜欢最直接的表达方式，但在表达之前，首先要拿出自己的诚意，所以，我发誓，与她之间，我从未有半句虚言，哪怕是那点邪恶念头，我也直言不讳。

我说你的腰好细，像魔鬼一样。她便在视频里笑，露出一个小酒窝，回答，没有的啦！我不管，继续自己的意淫，嗯，穿着睡衣，还是有些看不出来。我马上看见，她翘起了小嘴，不高兴。这个时候，如果你妥协了，那故事就一定没了高潮，还好，我不是那种轻易妥协的人。

我说，那你让我看啊！这是诱惑、是挑逗、是激将，说实话，我没别的不良念头，就觉得这个女孩，这个既熟悉、又陌生的女孩一定与我前生有缘，觉得我和她之间，绝对不是一张网络中的一个交叉点那么简单，我相信，我们的重合，必然绵绵不断。

你一定觉得我废话太多，请别急，我知道重点在后面，对于我的要求，她用最简单的方式做了回答，从视频里可以清晰地看到，她站起来，轻轻解开睡衣前的蝴蝶结，粉红色的一片刷地就往下滑。

接下来的想象空间太大了，简直是匪夷所思，但如果你嫉妒我艳福不浅，那就错了，其实，我什么也没看到，不骗你，在最后一刻，我做出了一生中最荒谬的决定，鼠标轻轻地在窗口点了一下，视频便缩小到页面下了。我不是故意的，只是情不自禁地就想把她遮住，等过了十几秒，终于还是没抵制住诱惑，鼠标紧张地再次点了一下，她出现了，然而，那件睡衣已整齐地套在她身上。

我长长地吐出一口气，后悔、骂自己窝囊、又安慰自己，我不知道你们能否理解我的心情，我只记得在后来，心太乱，随便闲扯了几句，便跟她道了晚安。

请不要急着骂我不是男人，关于我是什么、不是什么，正是这个故事的结局，如果你想听，那我们再回到 QQ 这个话题上来，接下来的几个晚上，我们还会聊很多事，关于暗恋、热恋、失恋，关于发型、香水，甚至三围，我们无话不谈，所以我乘机谈了自己什么也没看到，这个时候，她便大笑，在视频里花枝乱颤，良久才说，没有啊，没掉下去了，人家睡衣后面还有根带子好不好！紧接着我便被下了定义，她说，你是，你真是柳下惠。

我是柳下惠吗？请不要问我，我只知道很高兴结识了一个很铁的朋友，她的名字，我不知道。

雾里看花

雾里看花是大学城唯一一家还算是过得去的酒吧,那天,两个男人,两个鬼混的男人;两个女人,两个漂亮的女人,大家都有点兴奋,有点抓不住魂。女人开始是不喝啤酒的,但最后还是喝了;女人开始是不愿意对唱情歌的,但最后还是唱了。其实她们能把整杯啤酒干的不留泡沫,其实她们含情脉脉地唱了一首又一首情歌。这个城市太小了,小的连隐私也像厕所一样是公开的,其实,像她们这样的美女很多,只是男人们总没机会去认识,女人太矜持,男人太绅士,才造成如今男不欢、女不爱的悲凉处境。幸好那个夜晚,那个酒吧,拒绝守陈,拒绝怯弱。

没错,两个男人,我是其中一个,三哥硬拉着我作陪衬,但作为配角,我并不孤独,因为作陪衬的还有苏姗姗。我和她,就是在这样一个酒吧,按照最常见的小说情节,很俗气地认识了。

三哥在向女主角发动一次又一次进攻的时候,作为配角,我和苏姗姗找了个借口,便端个杯子到一旁小沙发上聊天,聊几句,抿一小口酒。酒精把我们的脸烧得绯红,我们一起聊童年,聊大学生活,聊无聊的事……最后,我们互相留了对方的手机号码。

有些糜烂的日子让我时常忘记一些东西，苏姗姗就成了糜烂日子的牺牲品——从那次后，我就再没有主动联系过她。直到有一天，遭了女上司一顿莫名其妙的痛骂后，便独自进了雾里看花，酒吧还是那样噪杂，我径直走到靠窗的吧台，就是在那里，我又看见了苏姗姗，一个人的苏姗姗。

我说，美女，找你几次都不回信，今天怎么有空来看花啊？她嗲笑，切，你才不会找我呢！

我没有解释，把话题岔到酒吧里，我说你知道雾里看花是什么意思吗？她摇头，我便说，在这个世界，我们看不清很多人，想不清很多事，但又给我们带来一种美妙的感觉。

苏姗姗笑了，酒精的作用下，她放弃了女孩的矜持。我们开始聊得很君子，很随和，很低调，很公式，但随着酒吧酒精味的增浓，谈话的内容变得不再那么单纯，有点暧昧，有点俏皮，有点勾人，甚至有点想法。

雾里看花，我有种感觉，酒精是雾，苏姗姗是花，可是，花是不能随便摘的。或许，每一朵花都需要养料，需要欣赏，需要抚摸，但却决不能摘。所以那个夜晚，我们喝了很多酒，却没做任何事。

我不愿突破雾里看花的意境，但苏姗姗却破了。那个深夜，我收到信息，她让我去看花，我便毫不犹豫地去了。

苏姗姗穿一条纯白的吊带裙，坐在吧台，旁边一大堆酒瓶，眼神迷离,我以为她醉了,刚想劝她,她却一把扑在我怀里痛哭起来,不断抽泣,很动情,很可人。她说,他去北京了,不理我了,再也不回来了。

我猜那个他是她男朋友,便说,没事,没什么大不了的,不是还有我嘛!

在雾里看花,在那个靠窗的吧台,她说了很多,我适时地、很配合地说上几句安慰的话。她终于擦干了眼泪,我便说要送她回家,可她一听,泪水又在眼帘打转,她说没家,没地方住。很自然的,在雾里看花,我开了个小包厢。

只有一张沙发,一个茶几,一个屏幕,苏姗姗累了,便靠在我肩上,我也很配合的搂住她的腰,她没有反对。她的眼神很迷离,很迷离,我慢慢低下头,她便闭上了眼睛。我以为,今夜我将看花,看到真正的花,可就在那一刻,苏姗姗接到电话,他的电话,她男朋友的电话。依稀可以听到对方在道歉,开始她的态度很坚决,说再不理他了,以后不要再骚扰她。男朋友一直道歉,然后她就问他现在人在哪?男朋友告诉她说现在在车站,根本没有去北京。她就心软了,后来,他说再也不离开她了,叫她过来,她想也没想便答应了。

我整了整衣领,很绅士地送她离开,离开雾里看花。我潇洒地回头,恍惚中听到两句话,一句是"对不起",一句是"谢谢"。可我已经回到酒吧,回到雾里看花。我退了包厢,回到吧台,使劲地喝,半醉半醒中,拿出手机,翻到苏姗姗的名字,轻轻地按了删除键。

替补

我兴冲冲报名参加篮球赛的时候,同学们都投来赞许的目光,为荣誉而战,这是学院提出的口号。

这让我有点惭愧,其实,我的动机并不是篮球精神,而是因为这次篮球赛小晚负责后勤工作,我不愿错过与她相处的任何机会。

当然,没有人知道这个秘密,包括小晚。我们训练的时候,她就站在几个女生中间,傻傻地看着篮球飞舞,一副痴迷的样子。

听院里的女生讲,小晚还看NBA,是个铁杆篮球迷,特喜欢科比。这个消息让我很兴奋,科比的三分是个传奇,也许,我得向他学习。所以,再次训练,我的重点放在三分线上,希望将来在球场上用一记三分博得一个女孩的芳心。

我拼命地训练,为爱情而战。可惜,小晚,她没等我的三分跳进篮筐就走了,当然,不是离开球场,而是她的心有了归属。

我下这个判断是有根据的，那次训练结束，她拿起一瓶水冲到我们队长面前，还拿手绢帮队长擦汗，你说，如果不是喜欢一个男生，女孩子会这么主动吗？

我突然有点后悔，如果不加入篮球队，眼不见为净，或许还快乐些！现如今，哑巴吃黄连，我只能拿篮球出气，站在三分线上，手中的篮球直射而出，打在队长头上，他当然不知道其中缘由，只是狠狠瞪我一眼，接着便叫我认真练习。

我有点后悔，觉得自己做得过了，可是，小晚的行为瞬间驱除了我仅存的那点内疚，他竟然还主动帮队长洗衣服，尽管队长对她爱理不理。

所有人都知道，队长有女朋友，人家可是七年之痒了，虽然两人天各一方，但感情却相当稳定，可小晚硬要横插一足，别人真的无话可说。所以，我并不打算阻止什么，但却不愿意让自己的心声埋藏一辈子，那个下午，当我把那封早已写好的信交给小晚后，心里备感轻松，无论如何，我已无憾。

结果很快就出来了，第二天的球队训练，我清楚地看见小晚一如既往地走到队长身边，我没有再看下去。下周就要比赛了，或许，我的荒唐举动也应到此结束了，我把全身心用在篮球训练上，只为争取一个首发名额，我突然觉得，这个时候，我对得起学院，我要为荣誉而战。

队长是这么解释的，这次比赛的战略以内线为主，所以，我这样的外线球员顺理成章的被排斥在首发之外。然而,两节比赛下来,我们却落后二十几分,队长下来时,小晚很及时地拿水递过去,却被队长摔在地上,别烦我了,队长怒斥。

我看见小晚伤心地躲到人群后,但是,我没有过去,因为队长说,调整战术,最后一节,外线为主,我是替补,但必须上。

我不知道小晚有没有看到我的表演,当最后一记三分落进篮筐,大家一片沸腾,我们赢了,没想到为了一个女孩,却为学院赢得了荣誉,那种感觉,我不知该怎么形容。

我是个成功的替补,但我更愿意做首发,不仅为荣誉,更为尊严而战。小晚给我回信了,意思很明显,她愿意。但是,我却突然没了那种感觉,或许,我只是不愿做一个替补罢了!

假动作

毫无疑问,在大学这个球场,我是一位重量级球员,我的fans们询问过很多问题,但频率出现最高的,则是我的假动作,没错,几乎每一次进攻我都会捎带一点假动作,可以说,那已经成为我生命不可或缺的一部分。

我知道,大家的疑问不在假动作的功效,球场上的得分已回答得很清楚，你们要问的是我对假动作的感悟，既然如此，我想讲讲我的篮球岁月。

记得在高中的时候，很荣幸，我是校篮球队的主力，可以说，无论在身体还是技术上，我的风采都足以征服观众，尤其是女生。我的队友常常会因场下美女们的尖叫而变得更疯狂。当然，我也不例外，每当看见小晚出现，心中便会升起一股奋发之气，很想让她的眼光跟随我的动作。

在队友面前我并不讳言，自己喜欢小晚，因为她的美丽，因为她对篮球的热情。我想，如果不是林涵的出现，小晚一定成了我的初恋情人，可惜，这个打后卫的小子很痴情，他告诉所有人，一定要追到小晚，不管有多少对手。

我并不想用拳头去解决问题，我想那样做小晚一定不会高兴，她是一个单纯的女生，我不想让她受任何伤害，所以，我决定用自己的努力来向所有人证明，小晚应该属于我，因为我最强。

苍天不负有心人，在与郴州高中的那场决赛中，我一人砍下三十七分和十一个篮板，而林涵那小子只得两分，当然，我并不会在情敌面前炫耀什么，我只要小晚看到这一切。

我兴冲冲向小晚再次表达心意，但她还是犹豫，这让我很泄气，林涵那小子有什么好，一副花架子，难成大器。不过，这小子艳福不浅，那天训练，有个新来的女生疯狂地叫他名字，而且，从那天起，几乎每天训练都来，为林涵擦汗，送水，甚至当众拥抱。

我们开玩笑说，林涵，还追小晚吗？他一顿，也不回答，但很明显，他越来越多地和那小女生待在一起了。

这让我多少有点高兴，小晚生日那天，我备下一份精美的礼物，暗下决心一定要获得她的芳心，为保万无一失，还特意邀请了几个队友去助兴，然而，当小晚指着身边的林涵介绍说是自己男朋友时，我简直不敢相信，我失败了，灰溜溜地离开了party。

那个疯狂的女生再也没有出现，取而代之的是小晚对林涵的喝彩，一次队内友谊赛，我和林涵竟成了对手，我很鄙视地站在他面前，想着乘机教训他一顿，只要他举手投篮，便狠狠给他一个大盖帽，这一点我一定能做到。林涵果然上当，他竟真举手投篮，那一刻，我高高跳起，一只手用力盖下，但是，他的球没有出手，而是身体一侧，从我腋下滑过，轻轻松松地完成了一个上篮。

我败给了林涵，无论是球场还是情场，这让我在很长一段时间觉得很丢脸，直到后来夺得耒阳市最佳球员称号，同学们找我签名时，我才发现其中的秘密，那个曾经为林涵疯狂喊叫的女生告诉我，她最欣赏的球员是我——大前锋的我，当初的一切只不过是林涵导演的一系列假动作。

然而，林涵毕竟赢了，他的假动作给了我很大的刺激，从那天起，我给自己的训练特别增加了一项假动作，它曾打败我，我必须从失败的地方爬起。

数年的苦练没有白费，如今，在大学的球场上，大家问及有关假动作的种种，我不想说它的好与坏，只是觉得它与生活一样，我们必须睁大眼睛、冷静面对！

牡丹花开

她的名字叫牡丹。

人如其名，高贵而美丽。她虽是我们的老师，却并未比我们大几岁，很多时候，我都在校外同学面前夸华师好，可以让高一届的同学来做兼职班主任，大家都说，这样更容易沟通。我也深信不疑，但我还有另一种想法，老实说，当我看到牡丹时，打心底不愿叫她老师，只是觉得，牡丹花开，那该是多么美丽的风景。

她的名字叫牡丹。

爱美是所有人的天性，很多同学喜欢绕着她问大学里的点点滴滴，可我不，我觉得那是一种浅薄的认识，她是牡丹，她的美在很高很高的高处，我不愿意轻易靠近她，只愿彼时花开，在最美的时候不经意地相逢。

但我未曾想到，几百号同学，我从未与她说上一句话，她却能叫出我的名字，我还在发呆，她已经在说，不要一个人爬那么高嘛！来，下来，下来和大家一起庸俗！

这当然是开玩笑的话，但我却笑了，我真想告诉她，老师，有一种东西永远都不会庸俗，因为她是花中之王。

她的名字叫牡丹。

我不得不承认，自己喜欢上一个叫牡丹的女孩，当然，我们都叫她老师，无数个夜晚，我有种罪恶的心理，我不断地问自己，是不是要去心理室看看，在这样的青春年华，我很害怕，害怕背后有人高呼，就是那采花贼，就是那不知廉耻的家伙！

她的名字叫牡丹。

不仅美，更心地善良，我的忧愁没有逃过她的眼睛，所以，那个黄昏，不是不经意的相逢，而是酝酿已久的约定，她叫我去砚湖，说那里可以看到最美的落日，可以欣赏最柔和的波纹。电话里，我虽言不达意，却义不容辞。

我鼓足勇气说，老师，你笑起来，就像你的名字。这时候，她就笑了，我的心里，也"嘭"的一声，开了花。

她是老师，所以给我谈了许多道理，她说不要忧愁，大学是最美好的金色年华，每一分、每一秒，都应演绎别样的精彩，她还说，其实她和我们一样，正处于奋斗的季节，很多东西，大家可以一起交流。那一刻，除了喜欢，对于牡丹，我又增添了一份仰慕。

她的名字叫牡丹。

那一天所有人都在起哄，唯有我，瞬间从天堂跌落。当那位师兄和牡丹轻轻拥抱，我们才知道，喜欢花的人很多，更何况是最美的牡丹。同学们轻轻议论，那位师兄真幸福，做了我们老师的男朋友。可我一个字都不想听，只想远离一切喧嚣。牡丹花开，花开的太不是时候。

可我又能怎么办，她让我看的名著被我甩到床底，我只想痛痛快快地喝一次酒，永远都不要醒来，那些枯燥乏味的课，更是逃得无影无踪。

我被学校点名了，公开批评，毫不留情。

她，我的老师，急忙找到我，拉着我便往砚湖走，良久才说，你是我看到最有才华的学生，你应该相信，有一天，当你成功时，会有无数束花递到你面前，有玫瑰、兰花、凤仙，或许，还有你心中的牡丹。

她的名字叫牡丹。

但我坚定地叫她老师，可爱、美丽、善解人意的老师。如今，三年过去了，那些所有关于牡丹的记忆已成往事，多方打听，原来当年我们的兼班并未离去，大学城的另一个校区，她一定正笑得灿烂。

这个教师节,我也即将走向教师岗位,但我要做一件最重要的事,那就是去见她,我的老师,带上一盆盛开的牡丹。

丘比特的子弹

远处传来打靶的枪声,这是新生的模拟军训,但我觉得,似乎每一颗子弹都正朝我飞来,一股窒息的感觉猛然而至。

对子弹我是有感情的,私底下,我把它比作现代版丘比特之箭,如果爱上一个人,比起一束花、一只芭比,我更愿递上一颗空壳子弹,告诉她,爱情发出去,便再也不会回头。

三年前,我就曾做过一次这样的举动,那个叫璐璐的女生,被我们评为新生之花。而同样作为新生,我很庆幸,自己与她在同一个连队,可以每天看到她英姿飒爽的样子。坦白说,我非常喜欢教官大声说:"向右看齐",因为那样子,我可以毫无顾忌地欣赏她的脸,还有脸上那个可爱的小酒窝。

可惜,爱花的人并不是我一个,休息时间,当一大群男生围着她献殷勤时,我只能远远地站在一旁。有什么办法呢?他们可以花上几百甚至上千元买来防晒霜等高级化妆品送给她,但我不能，我是一个穷小子，与他们根本就没法比。

夜晚来临，我翻开《希腊神话》，多么希望爱之神维纳斯告诉我，我该怎么办，即便我有勇气射出那支丘比特之箭，但是，我连箭都没有。我只能用一支铅笔，一字一词地写下我的心情，用一个个诗篇来掩藏我对一个女孩的爱意，不管是在宿舍还是在操场，诗歌，它成了我唯一的寄托。

青春的时候总会出现很多恶作剧，我的那些同学哪里会理解我的心情，他们竟然在教官面前偷偷拿出我的日记本，大声地念出那一行行诗句。

掌声、笑声，混杂成一片，那是一首藏头诗，每一句的第一个字连起来，便是"我爱你，璐璐"五个字，还好，他们并没有发现其中的秘密，我偷偷看了一眼璐璐，阳光下，她也在笑，我赶紧抢过自己的日记本，紧紧地把它抱在怀里。

军训即将结束的时候，我们去参加最后的打靶，这是军训中最有意思的训练，可惜，璐璐病了，中暑，得在医院躺三天。

没有她的连队，即便打靶，也显得了无生趣，那些子弹似乎都失去了目标，没几颗打中远处的靶子，包括我在内，放的全是空枪。也难怪，太多人的心思放在璐璐身上，这几颗子弹算得了什么！

果然，等回到学校，医院一下子便挤爆了，很多男生大包小包地往里面送，那哪里是医院，简直就是求爱所，我不禁想起丘比特，他说过，"爱情的力量只有在利箭划破长空之后才知道"，所以，等到夜深人静，等到那些男生离开，我悄悄地敲开了璐璐的病房。

我把一颗子弹壳放在璐璐手心，告诉她，我的爱，像子弹一样坚硬。很惭愧，说出这句话，我连她的脸都不敢看，只记得两人沉默了好长一段，我便急匆匆地离开了。

我一直在等着她的答复，但又非常害怕等到，然而，这一天终于还是来临，那个黄昏，她塞给我一块手巾便走了，我忐忑不安地打开，里面竟然是那颗子弹。她拒绝了我，毫不留情。

青春的尊严让我有种报复的冲动，在以后的三年，无论璐璐做什么，我都会冷嘲热讽，这样的女生，终究是拜金女孩，长得好看有什么了不起。再后来，她终于有了男朋友，我更是鄙视无比。

可今天，哪怕远处一声枪响，我都会忍不住全身颤抖，女友在身边关切地问我怎么了，我说没事，便匆匆跑回宿舍，拿起那颗象征爱情的子弹，不断抚摸、不断回忆。

女友哪里会知道，当我有了自己的爱情，当我决定把那颗子弹抛却时，却意外地发现子弹里藏着一张发黄的纸条，上面一行娟秀的字迹：当你的诗被念出来那一刻，我已深深爱上你。

璐璐是爱我的，但我却用最残忍的方式把丘比特之箭狠狠地从她身体里拔出，直到血肉模糊。可我还能怎么办，她早有归宿,我也有了爱,三年了,她还恨我吗?

我决定奔赴远处打靶场,去寻找掉在地上的子弹壳,我要用二十一颗子弹串成项链,送给她,璐璐,祝她幸福!

爱上一片从未去过的土地

我不想解释水东这个地理概念,我只要你知道,水东是一个很美的地方,尽管我哪怕从未看上一眼。

对水东的爱,源于一个女孩的不断讲述,这是一件非常奇妙的事情,连我自己都不敢相信,一个以理性著称的男人,竟然会因为一个女孩变得爱屋及乌。所以,我突然欣赏起魂不守舍这个词来,它于我而言,很贴切。

我这样说并不是毫无根据,比如现在,不知不觉中便会写一些关于水东的故事,那里有第一滩,有老船坞,有鲜美的海鲜和一望无际的防护林,还有一间精致的小阁楼,有一个女孩,总会在某个阳光明媚的时刻对着窗外的小鸟傻笑,而在大风忽起之时,总是焦急地想着身边的朋友在哪里。

她讲水东的时候提过,她有许多朋友,还有一个特殊的朋友,叫男朋友。不过,每次我都想很严肃地更正,那叫前男友,谢谢。我不知道这是不是吃醋的表现，但我可以肯定一点，每当她提及和男朋友曾经在学校后面那片树林漫步时，对着她充满甜蜜回忆的脸，我总会有种无以言状的酸楚。是的，我爱她，无论她会不会明白。

听说水东的奶茶很好喝，可惜，我从未尝过水东奶茶的味道，只是每当把华师的奶茶放在她的手心，都会在心里算计着，她对水东奶茶的喜欢从未改变，那么爱情呢？会因另一个男人而重新起航吗？

如果你想知道答案，那就请听我讲一个关于雨天的故事。其实那天并没有下雨，可能是因为心情比较沉重，后来竟然下起雨来了，当然，雨并不影响故事的主线。不怕大家笑话，那天的见面，我是有计划的，想告诉她，我爱她，义无反顾地去爱。

可是，在我即将表白的那一刻，她偏偏接了一个电话，我不想讲述电话的具体内容，那样子不好。但有几点严重影响了我的情绪，比如说，电话来自水东，谈话口气暧昧，挂电话依依不舍，我甚至在想，如果当时我走了，她肯定不知道。

但我没走，出于一个男人的气度，当然，所有一切关于表白的内容也随之被摔得支离破碎，就像那场突如其来的雨一样，躲在她的伞下，心却湿透了。

去爱一片从未去过的土地，这是需要勇气的，曾经很长一段时间，我没有再去找她，只会情不自禁地去查一些关于水东的种种,也不知道为了什么。她的相片仍然摆在最显著的位置,夜深人静的时候,看上一眼,便会情不自禁,等熬到天亮,又会不断告诫自己,那是不可能的,两个世界的人,不可能再相逢。

如今的我对水东已不仅仅是爱,还有一种向往,按她的话说,这叫自我催眠,即便如此,我却并不愿醒来,水东有太多太多美好的东西,而这一切,只因生命里曾出现一个来自水东的姑娘。

听说她依旧单身,依旧在守候她的白马王子,可我却不知道是否还要对她说,有一个人,依旧懵懵懂懂地在发呆,只因迷失在梦中的水东。

搭讪记

时间:每周五晚八点整

地点:华师图书馆

主角:漂亮的小小师妹与即将毕业的大大师兄

配角:纯属多余,忽略不计

故事背景:某日惊闻,恋爱是从借书开始的,如是想,图书馆的书最多,便月月去、周周去、天天去,寂寞难耐时还每天去个三五次。苍天不负有心人，借还之间无意发现，某漂亮小师妹总在周五晚八点出现，或借或还，其形单影只景象难免让人心生垂怜，彼时，丘比特之箭恰好又很配合地射中我的脑壳，击得太阳穴涨起，于是，搭讪的念头便如黄河之水泛滥，一发不可收拾。

第一幕

其实第一次看到她就想过去搭讪，但觉得图书馆是安静之所，再说，如果太猴急，很容易让小师妹背对联：爱国爱家爱师妹，防贼防盗防师兄。所以决定第二次再说。暗恋的滋味不是那么轻易便可以尝到，为何不好好享受一个礼拜呢。

第二幕

她急匆匆从外面冲进来，外面暴雨，她被淋了个落汤鸡，不过，雨水遮盖不了她的美丽，在我看来，站在红地毯上的她，一下子更风情万种起来。可是，我该怎么去搭讪才不唐突？"这雨下的真不是时候"，正中她下怀，但没什么杀伤力；"to fall in love you at first sight"，够潮够暴力，但很容易被保安送去精神病院；要不，装作很绅士地赞美她，"哇哦，你真像——"，于是脑瓜里产生了一连串的名字：苍井空、张柏芝、兽兽、小月月、凤姐——好吧，还是下次吧。

第三幕

我集结班上所有男生进行卧谈式灵感撞击,终于在讲到三十六计之围魏救赵时达成一致意见,既然图书馆太过安静,还有黑刷刷的摄像头监视,何不在门口守株待兔,等她抱着一大堆书香喘息息地出来,便很自然地跨步并行,用华丽而忧郁的眼神看着她,对她开枪:"您好,我是谢素军。"可是,理想很丰满,现实太骨感,在我刚踏出半步那一刻,一个长头发的女生突然冲上来,如银河般插在我和她之间。呃,我恨不解风情的女生,尤其是长头发的。

第四幕

这个星期五一定要拿下她,在图书馆门口,我已调动班上所有男生,在晚上七点半到八点半之间,除了我的那个她,只要看到任何女生有在图书馆门口停留的迹象,立马上去耍流氓,必须保证我搭讪环境的绝对无意外性。可是,她没有来,等到图书馆关门也没来,她被我吓坏了吗?

第五幕

我心灰意冷,毕竟自己不是方鸿渐,更不是钱钟书,借书是借不到女友的,上一个周五刚刚过去,下一个周五还远远地不肯来临，百无聊赖地坐在图书馆的长椅上，突然觉得搭讪不是个好念头，正准备把它灭掉，忽然一个女生走过来，坐在长椅的另一端，不用戴上放在书包里的博士伦，只用眼角的鱼尾纹扫过去，我便知道是她。觉得身体有点重，头有点晕，幸福来得太突然并不是什么好事，它总让你猝不及防，等我假装上了趟洗手间，整好发型、抹直衣领、挤掉那颗带刺的青春痘，再回到长椅旁时，她，她已经戴上耳机听音乐，闭着眼睛很陶醉。我发现，是oppo！我恨所有款型的oppo，我要砸得它们电花四溅。

第六幕、第七幕、第八幕……女主，已使我目不忍视，剧情，犹使我手不忍写，搭讪真是一件让人纠结的活儿。

一路有谁

看电影是一件很浪漫的事，尤其是和自己喜欢的人一起看。挺喜欢的一部电影便是《一路有你》，第一次约小静出来，这部电影最合适不过了，待会儿只要她一感动，我便可以极其自然地把她搂进怀里，接下来，我不说大家也明白。

为了体现自己的才华，我早先就已把剧本浏览了好几遍，一路有你,顾名思义,这是一部爱情大片,我特意准备了一段与剧情比较恰当的台词,到时不失时机地表白出来,拿下小静应该是小菜一碟。但我怎么也没想到,古天乐演得那么精彩,再加上莫文蔚等大美女极其煽情的表情,小静哭得死去活来倒也罢了,连我也沉醉在催人泪下的音乐声中,好不容易克制住自己,才掏出块纸巾递给小静。

虽然没有丢男人的脸,但一场电影下来,我还是错过了最佳的表白机会,除了两个人肩膀碰了几下外,连手都没拉上。但我并没有泄气,亡羊补牢或许并不算晚,看小静眼睛还一片红肿,已经半个小时过去了仍在掉眼泪,我便特意逗她高兴说:"你看你,是不是中文系的女生都特别爱哭呀!不就是一个故事嘛——"

我边说边笑,本来想就此把话题转到表白上来,却被小静一把打断,站在路灯下一脸愤愤然:"你这人怎么这样?是不是有毛病啊?看了这么悲惨的电影还笑得出来?你整个一'冷血动物'啊……"

我呆了,不知道该说什么好,想起刚刚电影里的男主角,那些曲折的爱恨纠结击打着我的神经,积攒了一个晚上的泪水如开闸洪水喷涌而出,再也无法控制,看小静还在生气,我再也压抑不住自己的感情,几近歇斯底里般对她说道:"我……不是不想哭,而是怕你笑话我,说我感情脆弱,没有男子汉气概,我……"

接下来说了些什么连我自己也听不清楚,只知道小静把头转到了一边，而我还没发现周围已经围了一群人，直到有人过来轻轻劝慰我们，说小两口有什么矛盾不要急，好好谈谈就好了，这外面怪冷的别冻坏了。

当我发觉自己非常失态的时候，赶紧调整自己的情绪，小静也终于转过身来，但她一点铁青，对着我很是鄙视地说："真没见过你这样的人，哼，丢脸！"说完便朝地铁奔去，连我跟她说好了的麦当劳也不去了。

我不知道该不该追上去，只是觉得想哭，又想笑。自己到底是怎么了，平日里能言善辩的，怎么遇到小静就变得不解风情了呢！一路有你，到底我是看错了电影还是看错了人，或许都不是，自己看错的，只是爱情的含义。

放下爱情立地成佛

鉴于那个女生总爱自称姐，作为一个拿她没办法的男人，哥只能遂了她心愿，给大家讲讲这位姐姐的故事。当然，在此之前，哥必须很严肃地告诉大家，姐只能写写，千万不要说出来，如果不信的话，可随时来看看哥，绝对一副苗条的身材配一张红肿的脸。

哥追你姐的时候，据兄弟们讲，那叫中了爱情里的鹤顶红，以前为兄弟两肋插刀，现在为女人插兄弟两刀。当然，这话我是不认同的，从骨子里讲，哥认为，女人如衣服，兄弟如手足，很诗意地告诉大家，那叫蓦然回首，哥已七手八脚地裸奔了二十余年。

不过，这种悲壮的想法终究是带来了灾难性的后果，你姐在 Laperla 专卖店看哥帮她买那条两千多元的小布条不够积极时，终于把心底话掏了出来："姐就爱衣服，就算姐是件衣服，那也是你穿不起的牌子。"

后来才知道，你姐之所以把哥甩得这么彻底，是因为远远地在背后，早就有一位骑着白马的王子在嘶吼着死了都要爱，而那家卖布条的店主正是他公司的一个小员工。

哥肯定，如果仅仅就因为死了都要爱这五个字，你姐是不会弃哥而去的，与你姐相处的日子里，哥从来没有忘记时不时唱一段爱你一万年。可惜，一万年太久，只争朝夕。你姐毕竟是高学历文化人，当然知道什么叫生活，与其一万年和一个男人蜗居，还不如骑着白马与另外一个男人遨游。

如果这个自称姐的女生就此去了，那么，你哥的故事根本就算不上是故事。问题是后来的情节发展得很紧凑。虽然那个电话号码早就删了，但哥还是一眼看出，出事了。出于人道主义关怀，哥焦急地回复她、劝慰她、关心她、一不小心可能还有点爱护她。

哥承认，从某种程度上讲，哥真不是个男人，明知这位姐姐太不厚道，却还是紧张地在镜子面前差点没把小寸头梳个中分出来。等到了那家熟悉的咖啡厅,哥竟还厚颜无耻地走到旁边,很礼貌地说:"请问,我可以坐您旁边吗?"然后整个咖啡厅的人都望了过来,这个时候,那个她便矜持地点点头。

那个她当然就是你姐了,这种小浪漫我们已经玩过千百遍了,哥曾多次暗示:"那个没你漂亮的服务生都皱眉头了——"可你姐还就是喜欢这一套。别以为浪漫就到此结束了,哥告诉你,才刚刚开始,接下来便是第二回合,史称"俏郎君斜坐端圆盘,小美女横躺喝咖啡"。简单讲就三个字:喂咖啡。哥是搞文学的,实在不忍心再把第三、四、五以及后面的无数个回合写出来,以免让各位误解哥是在抄袭《金瓶梅》。

可话又说回来,男人就是喜欢《金瓶梅》,还特别喜欢潘金莲与西门庆那个章节,哥和你姐的故事高潮就发生在这家刻着哥初恋记忆的咖啡厅。哥正在琢磨这次为什么没有急着要喂咖啡,便见人家两行清纯的泪水已经滴在咖啡杯里了。杀手锏,古龙老师说得好,《七种武器》里少了最狠、最毒、最有效的一种武器,那就是女人的眼泪。这话我是深有体会的,平日里你姐的眼睛要是稍微红一下,哥便已经六神无主了,更何况这次是泛滥成灾,于是,哥只能拼命地点头,一切都过去了,一切都是哥的错。

请原谅哥公开爆料,极其自卑地告诉大家,从时间上来算,那个插进来的第三者用了大概三两天就做了哥花了三年时间想做却没敢做的事情。这位姐姐,当她很害羞地说,必须去医院处理一下时,哥拼命想甩手而去,却发现人家一女孩子紧紧地依偎在自己怀里,似乎正完全、彻底、毫无保留地在街上宣示,她爱他。

哥告诉你,即便没有这么一个雷人的小插曲,对于第三者,哥也是痛之、恨之、鄙视之,所以,当哥把你们很受伤的姐姐送回家,便直奔曾经的白马王子而去,当然,哥知道不能把人家怎么地,哥只是想告诉他,不要以为骑着白马就一定是王子,还有可能是唐僧。

可惜,哥还没来得及让口水飞,人家便已先非诚勿扰了,唐僧说得很坦诚,第三者无论怎么解释都是错,越是解释就是掩饰。接着话锋一转,告诉了哥故事的大结局,其实,第三者不是唐僧,而是哥,还拿出多年前唐僧与白骨精的艳照门给哥欣赏。无语,你们说,哥是不是该放下爱情立地成佛,阿弥陀佛!

万胜围中转不了爱情

在讲万胜围之前,我必须讲一个女生,我们叫她阿容。阿容最大的特点就是热情,愿意帮助人,只要她力所能及。正因为如此,在某个时间,我假装很随便地跟她说,给大哥介绍个女朋友,反正,我要求不高。

其实我要求还是蛮高的，这点阿容也清楚，不过她还是点了点头，对她来说，身边多的是姹紫嫣红的小师妹，找个过得去的跟我交流下，问题不大。

我也觉得，不过，问题虽然不大，却也不小。所以，当阿容在电话里说准备一下时，我还是挺紧张的。接下来，便是我要讲的关于万胜围的故事。

万胜围是大学城通往市区的枢纽，第一次见面选在地铁，这是那个叫莎莎的女孩的主意，很显然，对方蛮有情调。我悄悄问阿容，长什么样啊，人家喜欢什么类型呀？可惜这种时候，我这做大哥的完全问不出话，万胜围快到了仍一无所获。

不过，莎莎毕竟还是让我惊喜了，严格说来，应该叫惊艳，很精致的一个女孩，是我喜欢的类型，几句话下来，对方很开朗，我的喜欢便又多了一层，唯一的遗憾便是莎莎已经工作，环境不同，很多东西就难免有分歧，不过，我跟阿容掏了心窝，不在学校没关系，明年我也毕业了，到时一起奋斗更好，也就是说，在我心里，就她了。

当然，这只是我单方面的意愿，莎莎怎么想，我不好问，也不能问，所以，好不容易到第二天，我便焦急地打听情况。我知道阿容是个爽快人，她答应做的事一定可以做到，可是，对于这件事，我觉得她回答的实在是爽快得有点过分。

不合适，人家莎莎就回答了三个字，然后阿容的转告丝毫没有委婉哪怕一点点。看我失望，才又问，昨天你是怎么跟人家讲的？要不是阿容这一问，我还真忽略了最关键的地方，在万胜围那几个小时，自己根本就没向莎莎表达过半点想法。这不是我的风格，既然中意，就一定要说出来。

然而，仅仅就地铁那几个站的距离，我却再也没机会跟莎莎哪怕见上一面，发了几条短信也是不痛不痒，发狠说只要莎莎过来，就直接表白。可那终究只是停留在想象的层面，现实比梦想要残酷太多太多，不过一个月，突然传来噩耗，莎莎和她公司的帅才好上了。

当然，噩耗这个词用的不对，无论怎么说，这都是莎莎的幸福，虽然不能当面说一声祝福，那么至少也不能有半丝埋怨吧。

万胜围的美好爱情就此夭折，阿容说不要泄气，我也认为没什么关系，事业未成，儿女情长的事不谈也好。可是，万胜围的故事从来就没有简单过，我记不清大概隔了多久，只知道时间很快，特别快，突然有一天，阿容传来消息，分手了，莎莎分手了。

也就是说，如果我还相信万胜围那次邂逅，如果我的爱情梦仍然美好，那就应该抓住机会，阿容提醒我，要努力。

我敢说，自己非常地努力，努力地学习。这一点连阿容都觉得莫名其妙，为什么我喜欢她，又不采取任何行动呢！这不矛盾吗？其实并不矛盾，因为那一天，我独个儿又去了一趟万胜围，在那里，我看见地铁电视里在说，如果一个男人还没有足够的能力,他所拥有的一切都是脆弱的,包括爱情。

我想利用最后的半年把那个名叫事业的词做得精彩一点,至少要让莎莎过上幸福的生活才算得上爱情,我坚持自己是对的,只要半年。

然而,万胜围的地铁从来就不等待,在即将毕业的最后时刻,我还来不及告诉她,幸福就在眼前,她却又拥有了另一份幸福,她就是这么惹男人喜欢。

我只能跟阿容解释,自己从未努力过,才会错过。不过,我还是感谢她,万胜围的故事虽然很失败,但却很充实,我不会忘记曾经对一个女孩那样地动心,也不会忘记有那样一个女孩给了我深深的教训,这就是人生,我只能对人生说,她就在彼岸,可惜,万胜围中转不了爱情。

学术版松土哥

听说爱情有一条守恒定律,说的是爱情的重量从未改变,只是随着某些生理或心理的变化而发生转移,比如说,移情别恋。

我深以为然,作为学术版"松土哥",还特意对爱情的守恒规律做了深入研究,就研究生阶段而言,爱情转移分为两个阶段，一为研一上学期，那些刚进来的花儿懵懂而不知所归，好下手；二为研三下学期，灿烂的花儿厌倦了校园的温室，很现实。所以，如果你想让一个并不单身的女生扩展一下视野、更换一下口味、刺激一下情商，最好是在这两个思想动荡期大举攻城掠地，以迅雷不及掩耳之势在各大墙脚下挖出一条条高铁。

我是大师兄，也是学校的松土先驱，在过去的青春岁月，按舍友的话说，学业上是屡战屡败，情场上则屡败屡战，虽然女朋友没找到半个，但丰富的实战经验和执着的松土精神却造就了对爱情的一系列极具洞见性的论著。原因很简单，天生就是情种，一刻都少不得爱情的熏陶，尽管这份爱情恰似纸上谈兵。

从学术上讲，熏陶这词其实说得有些片面，在爱情里，我更喜欢互动，单方的爱情那不叫爱情，最多只能算单相思，当然，所有能称之为爱情的东西大都是从单相思开始的，即便对方也正恋着，那也只能算地下恋。

朋友们总会开玩笑地问我松土的诀窍，让我谈谈失败的教训，这一点我是非常乐意的，所谓前人种树，后人乘凉，不管是研究生还是本科生；不管是男生还是女生，在爱情的世界里都是公平的，谁能占据爱情更重的一方，谁就把握了恋爱的主动权。

可惜，在我花了最大心思的松土工程中，自己依旧是个失败者。我不想说那个女生的名字，你只要明白一点，她很漂亮，或者说，很开朗。在一大堆刚进校的同学中，她显得格外与众不同,对着谁都是那么勾魂地一笑,让人简直爱得受不了。

所以,在一连串紧锣密鼓的明察暗访后,我所组建的松土小组终于得知这位漂亮MM来自他乡,虽然有男友一名,追求者一个连,却幸好皆成异地恋。对于爱情,对方是有经验的了,如此这般,很多程序便可更加游刃有余了,进攻一触即发。

没有人怀疑她在我的攻势下动了心、动了情,甚至某些时候走在一起几能以假乱真,俨然成了一对亲密爱侣。然而,作为一个倡导严谨治学的研究生,对于爱情同样追求一丝不苟,是就是,不是就不是,我的论证结果是,她不是我女朋友。

当然,既然理论上已成功了一半,实际中就更不能半途而废了,松土工程是一项既简单又复杂的工程,你可以把对方的墙脚挖出一条高铁,但坐高铁的人却不一定是你,这是我对师弟师妹们忠实的劝告,因为我实在不忍心自己的追随者重蹈覆辙。

在从研一到研三的漫长战线中,从第一个爱情动荡期到最后一个爱情动荡期,我不想炫耀自己攻下了多少座堡垒,挖空了多少座墙脚,那些都那个神马都是浮云,我只想谈谈自己最失败的地方。

所以,我们还是重新回到上面谈的那个女生。在研三的最后一学期,当我最后使出松土绝招,把三年来对一个女生的爱情全盘端出时,她终于感动了,终于经不住现实的压力而与前男友道别。是的,有点残忍,还有点卑劣,但我早就跟师弟师妹们说过,在爱情的战场里,从来就是敌人,如果是朋友,那也只有两种,男朋友或女朋友。

可她终究却没变成我的女朋友,后来我才明白,按兵家的论述,那叫螳螂扑蝉、黄雀在后,当那位风度翩翩的富二代驾着宝马把她拉走时,我才知道挖隧道修高铁的工人大都买不起高铁的票。

她走了,但还有千千万万的美女走在校园的小道,所以我要不断地说服自己,塞翁失马,焉知非福,还是认真做好自己的爱情学术吧,旁门左道也是一种艺术,胡扯完毕。

雨霖铃

看到女朋友幸福地挽着另一男人,我脑袋一懵便掉头跑了。叫南哥出来痛饮了几杯,然后南哥说,去凤凰吧,那地方适合你。

一路颠簸到凤凰,传说中的沱江便近在身旁,沿江一排吊脚楼望过去,别有一番风味。旅店也是农家木房,10元一晚,站在阳台,还可以尽览沱江风光。看着远处嬉笑怒骂的人群,心里的确放松了许多,生活本就这么朴实,一个人的拥有或失去又何尝不是逝者如斯的流水。难得放假,本以为会和女朋友风花雪月,携手黄昏,却没想到渔舟唱晚独居小阁。

夜很静,我沉浸于不堪往事,却听到隔壁一阵窃窃私语,爬下床,悄悄趴在木墙细缝上,一阵野兽般的嚎叫与少女的哀鸣侵袭而至,在我脑海久久回荡经久不衰,第一个夜晚,我未合眼。

老板大有凤四娘的气派,听我说昨晚鏖战三更、声声惊魂的片段,使了个眼色,把我拉到一边,叫我不要乱说话。

我搬去了老板娘自家的吊脚楼,窄了点,却可以临江而坐,静静享受这难得的平静,我正回忆着与女朋友曾经的朝朝暮暮,江面却传来阵阵颤动的歌喉,唱的是《雨霖铃》,但词句却完全错了位,我举起手大声喊:多情自古伤离别,更那堪、冷落清秋节。乌篷船突然掉了头,直接朝我这边划来。都怪自己多嘴,人家来找我算账了。

船帘终于拉开了,走出来的竟然是个亭亭玉立的少女,穿着白色的苗族服饰,我有点懵,举起手想招呼一下,但少女只是微微一笑便下了船。

少女叫阿凤,是老板的女儿,才16岁,她问我怎么住在她的房间。我有点诧异,装傻,反问她去哪了,她说,父亲进去了。什么意思?她说,政府拆迁,父亲不依。看我不解的样子,又说,凤凰这几年发展太快了,连吊脚楼都只剩下这几座了。我说发展好啊,你看这么多旅客带来多大收益,但阿凤说我不懂。

阿凤听说我是大学生,便对我特别好起来,每天帮母亲忙完之后便端上亲手炒的菜送给我吃,我说这样不太好吧,但阿凤还是每天来陪我。

我说我要出去走走,看看凤凰的美丽风光,阿凤便自告奋勇做我的导游,带我去苗寨,去南方长城。她指着起伏的山峦说,以前不是这样子的,本来那山坡是最大的苗寨,但现在却成了最大的酒店,整个苗寨分崩离析,各自寻活路去了。我听了有点不自在,这与自己在学校听到的完全不一样,看着阿凤天真的眼神,我觉得心酸。

阿凤说自己喜欢读书,喜欢唐诗宋词。我说那你学啊,你唱的那首词就很不错。但阿凤低着头,说不读了,母亲打算放弃吊脚楼,等父亲出来就一起搬到深山去。

我们爬到南方长城的最高处,四面都是陡峭的石梯,烽火台上空空荡荡,大概很少有人爬上来,阿凤问,大学好吗?我说,好,有很多同学,很多唐诗宋词。阿凤嗔了我一眼,那你还跑这来?我说,凤凰也好啊。阿凤叹气,说,不觉得。

我们坐在城墙上,整个沱江便蜿蜒在脚下,像一条水蛇把整个山巅缠绕起来,只有山的深处远离尘嚣,仅见几处炊烟。阿凤说,我想读书。我说,好啊。阿凤突然抱着我,哭,说,你带我走,我什么都给你,说着就解开了上衣。这怎么可能,我还没走出女朋友的阴影,更何况,阿凤是个孩子。我推开阿凤,但她又紧紧搂住我,说,他们要来拆迁,都会让我们陪他们睡,但这次我是自愿的。我听了一阵厌恶,狠狠地把阿凤推倒在地。

阿凤便爬起来奔下山去。

我敲阿凤的门,但她不理我,也不再给我弄吃的了,我觉得自己对不起她,想着明天她气消了再去道歉。但那晚,女朋友哭着打来电话,说对不起我,让我回去,我们重头再来。我叹了口气,毕竟在一起三年了,舍不得,便急匆匆离开了凤凰。

我焦急地找到女朋友,想安慰她几句,但她却幸福地对我说,他已经解释清楚了,谢谢你,说着便挽着那男人走了。

我片刻也没有停留,直接搭上返程的火车,但到达凤凰的时候,已是第二天黄昏,匆匆奔赴吊脚楼,但却已是人去楼空,我问邻居,那个叫阿凤的姑娘去哪了。邻居看了我一眼,说,她父亲出来了,全家一起进了深山。

我狂奔着朝后山跑去,但夜幕中连一丝月光都没有,我悻悻地回到吊脚楼,想寻找一点阿凤的痕迹,但却什么也没找到。

追女孩的马克思主义哲学

哲学所曾传说,每过十年,马克思系便会出一位天才般的思想大家,今年刚好是第十年,所以,我越来越肯定,苏伊士便是这个天才,他就是小时候父母口中别人家的孩子的长大版,就是处处跟我作对让我不爽的舍友,既生苏,何生谢?虽然被他气死过好几次,但马克思拒绝见我,所以,我还活着,埋伏在他身边。

在马克思领域,我并不打算超越他,因为本人的爱好不在这里,哲学所那么多导师,那么多研究方向,研究谁都好过马克思。可是,哲学所的所花却只有一个:聂小倩,幽魂一般的名字,我喜欢,尽管喜欢的不止我一个。

哲学所的花儿,其他专业的二代们是只可远观,因为这个深度的爱情,他们谈不起,基于此,我们的斗争基本上属于窝里斗。

战争的导火线是一封信,平平整整地摆在宿舍楼下的服务台前,我本来从不靠近服务台,以免受到看楼大妈的骚扰,可是,我这双眼睛实在是太不近视了,远远地便扫描到三个字,聂小倩。落款竟然是聂小倩,我假装不经意地拿起来看看,折页里赫然写着苏伊士,真没想到,灾难来得如此悄无声息。

我决定先发制人,拍拍苏伊士的肩膀说,哥们。怎么了?那张俊朗到让我想死的脸转了过来,果然露出一副关心的样子,我便极富演绎色彩地拉着他的手说,你要向马克思发誓,绝不告诉任何人,我喜欢聂小倩,我爱她。

我这招叫置之死地而后生,任你苏伊士才华横溢,你总是个男人吧,男人就得为兄弟两肋插刀,如果不让步,便会被全所全系的同学笑话,说你为女人插兄弟两刀。这个招数,哼,想解开吗？告诉你，无解。

我一度发动几个逻辑系的死党用最前沿的演绎法分析，聂小倩倒追不成功，会不会再写信过来，但到现在还没推到终究答案，后来，我们终于从尼采的爱情哲学里找到例证，可以断定，只要一个星期内没动静，她便死心了。

一个星期后，风平浪静，我欣喜若狂，赶紧穿上最帅的一套黑色西装，极其稳重、谦逊、风度翩翩而又有学者风范地站在聂小倩宿舍楼下，我要告诉她，我爱她，直到马克思活过来，尼采结婚了，康德学习相对论了，才敢与她分离。

可是，聂小倩的风衣只是那么一甩，我便被彻底风化成一座石雕了，看着她和她的舍友在我面前奇怪地看了又看，我却紧张得一句话也没说出来，倒是聂小倩爽朗地笑了一下，还问我，怎么就你一个啊，苏伊士呢？

原来尼采的爱情哲学史错误的，我怎么早没想到呢？如果尼采厉害，就不会孤独一生了，既然聂小倩还迷恋着苏伊士，我就必须知己知彼，了解马克思主义哲学的精髓，才能夺下这颗胜利的爱情果实。

从实践中来，到实践中去，马克思认为，做任何事情都要注意两面性，不仅要注重思想的主观能动性，还要扎实地以物质为基础，我懂了，关于如何搞定聂小倩，你懂了吗？且看哥是如何活学活用。

当苏伊士收到各种摆满整个桌面的小礼物时,消息终于从消息变成了爆炸性新闻,连聂小倩都在向我打听,很多人在追苏伊士啊?我回答,是的,音乐系一个,文学系三个,物理系一个,其他的我还不大清楚。

聂小倩总算是退出了,因为在某一天,我看见他们两人在食堂门口相遇,竟然连招呼都省略了,一切搞定,这几个月省吃俭用总算没有白费,我决定再坚持买礼物送苏伊士一段时间,让他沉浸在被追的氛围中彻底丧失意志,我便赢了,金钱不是万能的,但没有金钱是万万不能的,马克思说得对。

不过,千万不要以为那些礼物都是我亲自买的,我没那么笨,要想打动苏伊士的心,还是需要靠女孩子的。那天,我请刘五朵吃饭,没别的意思,就是想感谢她的义举,同时,希望她再坚持一段时间,聂小倩的城堡马上就要被哥攻破了,到时候,还有重谢,刘五朵想都没想就拼命地点头,真够义气。

可是,我怎么也没想到,刘五朵会先一步攻下城堡,那个本来极其美好的下午,我回到宿舍,竟然看见,唉,赔了夫人又折兵啊,有苏伊士在,我是永无出头之日了,你们知道吗?刘五朵竟然坐在苏伊士腿上,总之,他们是真恋上了。

我逼问苏伊士,你不是喜欢聂小倩吗?竟然和我老乡厮混,不要命了。可苏伊士却轻描淡写,聂小倩那款哥不喜欢,我还是喜欢咱家五朵,喂,下午你去打球吧,别回宿舍了。

后来，当我得知，那封信其实并不是什么情书，而是聂小倩邀请我们系跟他们系一起合作搞一场学术讲座，之所以写着苏伊士的名字，只是他是我们系的学生会主席。原来一切都不是我想象的那样，原来我学习了马克思主义的辩证唯物主义，却忽略了后来的毛泽东思想，没有调查就没有发言权，没有调查就追不到女孩，钱是白花了。

再次碰到聂小倩，我就像尼采一样潇洒地走了，我是太阳，我才是中心，可是，谁又会想到，聂小倩追了上来，塞给我一封信，然后便走了。鉴于这次聂小倩写的不再是邀请函，而是真正的情书，我再次把逻辑系的哥们召集起来，讨论出来的结果是，和聂小倩在一起，靠谱。

从那天起，我确定了自己研究生阶段的研究方向，马克思主义一边站着去，我喜欢尼采哲学。

第二篇

与一个女孩谈场恋爱的内容

谁是谁的谁

她心里有两个男生,一个是阿虎,另一个是小天。

就像很多小说中描述的那样,他们的关系大概只能用俗气二字来形容,一段再传统不过的三角恋。她喜欢阿虎,而小天,按他的话说,就是爱她爱得死去活来。

阿虎其实是她初中的同桌,她们约定一起考市一中,可惜那年,以前途的名义,父亲硬把她撵进师大附中,从此就再也没有阿虎的消息。她始终觉得,自己对不起阿虎,所以在新生入学那天,当阿虎站在面前,她是惊得一句话也说不出来。

在矜持两周后,她终于拨通了电话,内容无非是,这么多年不见,挺想念云云。

她相信,这个冲动的电话是她大学里犯下的最大错误,因为阿虎变了,见面之后,不但没有请她喝杯奶茶吃个团圆饭什么的,而且一对眼珠子像是冰做的,把整个气氛都冻结了,最后还甩下一句话,我也没去一中,谁也不欠谁。

当然,如果仅仅是这些,那没什么大不了,问题的关键在于之后的故事。

离开阿虎后,她需要倾诉,或者说发泄,曾经很长一段时间里,她为没能遵守约定而自责,一个人想着阿虎是否会原谅自己,却没想到原来人家根本就没当回事。

她迅速拨打了另一个熟悉的电话,果然,不到一分钟,小天气喘吁吁地跑来了,要以往,她会和这高中同校的小男生保持点距离,可那天,她太脆弱。

很惭愧,脆弱的女生最需要人照顾,不小心,就在那天,她成了小天的女朋友。

她决定忘记过去,全身心的投入一场属于自己的爱恋,却没想到,在小天生日那天,才发现有些事永远都无法改变,当她把那幅《偷吻图》作为礼物递给小天后,便悄悄走出KTV透透风,阿虎就是在那一刻把她抱住的,她敢肯定,自己一直在拼命挣扎,但当他捧起她的脸,狠狠吻下去后,她无所适从。更残酷的是最后还不欢而散。

她躺在病床,发誓坦白一切,但小天问时,却又怎么也说不出口。她以为接下来一定是暴风骤雨,可小天竟一句怨言也没有,只是从包里拿出那幅画,对她说,画里偷吻的人不是我,是阿虎吧!

是的,但她当时真的是想画小天,可无论怎么努力,画面里那个偷吻她的人,总挂着阿虎的影子。对不起,小天,我不是故意要这样子。

小天笑笑,说,没事,其实一切我都清楚。他有点伤感,在我高二的时候,有个外校的男生给了我一份奇怪的工作,他让我跟踪一个女孩,每天去哪里、吃什么、喜欢什么,我只要回报他就可以拿到报酬,可我拿了他的钱,却慢慢地喜欢上了这个女生。

我不解,小天便继续说,那个男生以前从三楼窗户跳下来,腿摔残了,他只能慢走,不能跑不能跳,季节交换时就会疼得站不起来,好像是因为高中就读学校与父母闹别扭,被父母关了起来,他想沿着下水管爬下来,所以

所以他没有去一中,而是去了家附近的二流学校,所以他从来不给我打电话,因为他没有争取幸福的能力,所以他似乎离去,却又总是出现。阿虎,她一直以为和他已经扯平,却原来是她欠他太多太多。

她不顾一切地要下床找他,却被小天按住,他轻轻打开门,只见一张泪流满面的脸在使劲地笑,他是阿虎。

十面埋伏

Sim 不是单词,她是个女孩,不怕告诉你,她是我的小师妹。我知道,有些人急着要发话了,说吧,不就是所谓"爱国爱

家爱师妹,防贼防盗防师兄"嘛!本人不在乎,我一憨厚老实本分之人,虽具师兄之名,其实没从这身份上捞到半点好处,包括与 sim 的点点滴滴。

相反,正是因为师兄这可恶身份,sim 拒绝了我好几次,所谓不合适、还小、避嫌云云,搞得我心力憔悴却莫奈其何。当然,我是不会放弃的,你一定好奇我为什么喜欢她,很简单,其实 sim 也问过类似问题,想知道我怎么回答吗?不告诉你,但我可以告诉你另一个小秘密,关于 sim 的。

Sim 其实暗恋学校一男生,据说此人是见多识广、幽默风趣,按 sim 自己的话说就是找到了本活生生的百科全书,可惜,那男生只愿做网友,从不答应与 sim 见面,哪怕是发张相片也严词拒绝。

这么神秘的男生,难怪 sim 会不顾一切,我装作很随便地问她,他到底哪点好啊!值得你这么死心塌地,没想到 sim 轻蔑地看了我一眼,说,人家说还没到见面的时候,吃醋了?告诉你,追本姑娘的可大有人在,单单表白过的就有十大帅哥,有你受的呢。

我瞬间晕倒,良久才挣扎爬起来,竞争如此激烈,我能不吃醋吗?当然,这些并没有阻挡我对 sim 的喜欢,不就一个个只会通过电子工具作战的小角色嘛!哪及得上本人近水楼台方便,只要人在身旁,那就等于买了平安保险。

然而，随着战线的拉长，身边的兄弟们终于对我失去信心，以为我和sim是不可能的，叫我别吊死在一棵树上，还给我进了一道死谏说，哥们和sim走在校园里，活生生一出《美女与野兽》的好戏——

我没有让他们继续说下去，请大家千万别放在心上，我承认，本人长相实在是有点不文雅，但我保证，你们看过《这个杀手不太冷》吗？其中的男主角就是我的影子，这可是sim对我的评价，我生日那天，她还说，师兄还是挺man的。

知道什么叫精诚所至，金石为开了吧！sim岂是一般女生可比，追她，那是要拿出八年抗战的勇气，不仅要战术，还要一套极具前瞻性的战略。是不是觉得我说话有点前后矛盾？不急，请听我把话说完，反正一切已成定局，告诉你们又何妨。

最后那场大决战就在情人节，我是从sim嘴里闻到的火药味，她说，除了我，另外九大帅哥也要做最后一搏。我笑笑，结局，从来不会让有准备的人失望。

我早知道那九大帅哥会做缩头乌龟，知道为什么吗？可能你已猜到，所有的直白者都是我的化身，加上本人，那一刻，刚好形成十面埋伏，这就是我对sim爱的最后一战。

Sim有点生气，说不可以骗她，我说，当然，但你得答应一个条件，她点头。所以，从那刻起，我更愿这样告诉你们，sim不是我师妹，她是我女朋友。

心相印

三三叫我去河边，我知道，她又要倾诉了。

那河，还有那河边的树，本来是三三与另一个男生爱情的见证，如今，突然换了个男主角，也不知它们适应与否。

男主角这个词其实不准确，严格说来，我只是个小跑龙套，在一场戏中只是匆匆而过，但三三说，这种角色不可或缺，我笑笑，就带那么点虚荣心似地承认了。

听别人的爱情，要看心态，我自认为心态不错，任你海枯石烂又哭又笑，我只需一个动作，拿块纸巾眼巴巴在旁边候着，等对方差不多了，说声拜拜，就一拍两散，我还去做我的光棍，她还去谈她的恋爱。

这种情景我是不能告诉阿飞的，因为阿飞是我的舍友，更重要的是，阿飞是三三的男朋友。双面间谍之所以难做，我想我最清楚，阿飞那点破事在宿舍藏都藏不住，但我不能说；偷偷跟三三见面，更是大忌，一不小心就会背上夺兄之妻的罪名，想起来都脊背发凉。

还好，学的是情报专业，地下工作还算周密，但有时候也会出点小纰漏，比如说这次，等三三站在我面前了，才发现忘了带纸巾。这也不能完全怪我，其实我衣兜里总有一包心相印备着，但阿飞这小子中午大概多吃了几两地沟油，连食堂到宿舍这点距离都坚持不了，不顾一切地抢走我那包心相印直奔公厕。

我不好意思在这么有情调的地方、在最浪漫院花面前解释诸如地沟油与厕所之类，所以三三按惯例泪落涟涟时，我的手只能狠狠地在裤子上搓了两下，然后在她脸颊轻轻一擦，算是完成了一个倾听者的任务。

当然，我当时并不知道那轻轻一擦竟是一条导火线。

若干天后，三三交给我一封信，让我转交给阿飞，可我推开宿舍门时，阿飞却不在，空荡荡一片，让我倍感失落，这种失落让我干了一件莫名其妙的事，拆开信封偷看。至今我仍记得上面唯一一句话：为什么还要纠缠我？如果只是魔性大发，那就休怪我轻薄无情。

晚上，我把信递给阿飞，他却醉醺醺地摇头。如是，我用一根大头针把信扎在桌沿上，说，什么时候想看，自己拿去看。

我知道阿飞从来没有看过那封信，因为那大头针死死地扎在桌沿，从未动过，直到今天。

我也不愿意再多说什么，因为我害怕再跟阿飞说话，这种害怕来自三三的动作，自那以后，三三还叫我去河边、去那树下，只不过再也没有眼泪，而是不经意间，我们会靠得很近很近。

三三是个大胆的女生，这种大胆让我不知所措，她在班上说了一段话，一下子让我这个跑龙套的成了男主角。我记得，当时一片掌声，三三依旧谈笑风生，而我，只想知道阿飞在哪。阿飞在哪？美学老师问话时，不知谁回答，阿飞请假，听说被一颗大头针扎伤了。

同学们都好奇大头针怎么把他扎伤了，只有我不奇怪，因为那颗大头针，是我亲手把它钉在桌沿，上面附着一封信，还有一句话。

我问为什么时，三三说，从我的手指滑过她脸颊那刻开始，如果这是真的话，那只能怪那包心相印纸巾，可我又该如何解释，这一切。

情敌

我和小晚在一场交谊舞会相识，到如今，她已是我女朋友。之后，我们又一起加入校舞协，并担任协会干部，感情就像一支舞曲悠然而美妙地发展，我以为，她就是那个与我携手到老的人。

可惜，如今的情场竞争格外激烈，小晚堪称校花，当然更是引得一群帅哥才子为之癫狂。我保证，这话一点也不夸张，因为就在昨天,校门口公告栏赫然涂了几个大字:小晚,你是我一生的守候。

兄弟们纷纷向我报告,说公告栏下黑压压一片人群正在看热闹,竟然有人光天化日之下跟大哥抢女朋友,敢情是活得不耐烦了,兄弟几个去做了他。我看他们"皇帝不急太监急"的样子,只是笑笑,很是平静地说,稍安勿躁,先调查敌情,再商量对策。

说实话,本人还是有点小才华的,这可是小晚对我的评价,所以,打死我也不相信小晚会背叛我,我甚至告诉兄弟们,不出三天,对方就会偃旗息鼓。然而,我错了,第二天一大早就有兄弟来报告,说小晚竟然回应了,我还没反应过来,就被他们从床上拉下来直奔校门口公告栏。

果然,一行清秀的字迹作了答复,"阁下何方神圣,请教尊姓大名?"落款竟然是小晚。我大惊,凑过去仔细一瞧,那字迹竟然真是女朋友的,我大惊,身后的兄弟举手要擦黑板,却被我拦住,"静观其变",我摔下这四个字后便往小晚宿舍赶,任凭黑压压一片人在看热闹。

我知道事情不会就这么结束,果然,大概是受了鼓舞,对方下午就作了回复:少爷乃音乐系一大才子,绰号唐伯虎是也!此人看来还挺自信,但我告诉兄弟们,小晚就要出绝招了,大家等着瞧吧!

我不骗你，第二天一大早就有一大群人在校门口哈哈大笑，原来小晚在黑板上写道，唐伯虎乃四大才子之首，据闻对对子曾把人对得口吐鲜血，阁下接我一对联："爱我的人我不爱，鲜花与牛粪不共戴天"。很明显，这是小晚故意在戏弄好色之徒，这样的对联，看你如何应付，兄弟们更是为我高兴，硬拉着我去大卡司喝奶茶庆祝。

但是，我们高兴得太早了，就一杯奶茶的工夫，我们看见公告栏前人更多了，原来对方乘乱贴了张纸条，"我爱的人不爱我，青蛙与王子转念之间"，对联如此工整，竟然这么短时间就对上了，看来此公虽好色，胸中却也还是有点笔墨的，可惜，没人看见其真面目。

兄弟们告诉我，最危险的时候终于来了，因为小晚在黑板留言：明日午时12点，北区17栋楼下，捧玫瑰一束，高呼 I love you，我将下楼接受鲜花，可有胆量？

一切都在意料之中，兄弟们飞奔来报，17栋楼下已是人山人海，他们还说，只要我开口，他们什么都干。这话让我很感动，但我还是笑笑，说，是该亮底牌的时候了。

我拿起准备好的玫瑰，直奔17栋而去，整个游戏都是我和小晚商量好的，当然，大家并不知道这个秘密，他们还在等着小晚款款下楼。我高呼，小晚，我爱你。这个时候，一条横幅从楼上刷地垂下来，一行大字出现在众人面前：今晚7点音乐大厅，我们约会吧！校舞协欢迎大家光临。

哲学家的爱情

哲学家，我的舍友。他桌面上贴着一醒目箴言：女人读哲学，不仅糟蹋了哲学，更糟蹋了女人。这句话曾在我们哲学所闹得沸沸扬扬，所里的单身女生更是咬牙切齿，背后骂他断背山，不是个男人。

我也曾劝他，说爱情里没有专业之分，都研究生了，不要浪费华师丰富的美女资源，可哲学家只是愤愤地甩出四个字：宁缺毋滥。

自讨没趣，我以为哲学家算是没救了，也懒得再去做什么月老牵什么红线，却没想到人家是不鸣则已，一鸣惊人。在文学院宿舍楼下，哲学家拿着一柄锋利的匕首，拦在人家院花面前，言简意赅：我喜欢你，并深深爱上了你，从这刻起，如果我背叛了你，你就拿着这柄匕首，插进我的心。站在一旁的女生被感动得一塌糊涂，面对单膝跪地手捧匕首的哲学家，整栋宿舍楼一阵沸腾。在那段日子里，如果在华师看见女生拽着男朋友的耳朵，一定会听到一句话：学学人家哲学家的爱情。

哲学家与院花的分手,源于一辆宝马的驶入,故事很程式化,院花说千金和穷秀才的爱情是没有结果的,《蜗居》里讲得一清二楚,女人的呵护需要很多基础,比如宝马。

哲学家很淡然,潇洒地转了个身,说男人要以学业为重,便去北京参加研讨会了。回来后,在那句箴言一侧便多了一张靓照——古典美女。哲学家在讲她时是闭着眼睛的:看到她第一眼,我心里便有了爱情的萌芽,而她与我心心相映。总之,这起一见钟情的爱情让我们每晚都会从键盘的敲击声中惊醒,实在熬不住了,便凑到哲学家身后,可人家连头也不回,QQ上正打出一行字:你愿意做我的波伏娃吗?而对方迅速回应一个热吻。完全当我们不存在。

哲学家的异地恋瓦解原因至今不明,有种版本说是因为争论徐志摩是否风流而分手;也有种版本说他们走的是柏拉图的精神恋爱路线,无所谓分手不分手。反正两人持续一年,见面一次。

哲学家身边再一次多了个女孩时,已是毕业后,严格说,这次不是女朋友,而是妻子。据说是父母张罗的,彻彻底底一场传统的门当户对式相亲,接着闪电式结婚,只是哲学家这次没有信誓旦旦地再谈爱情这个词,因为女孩认为没必要那么学生气,两人过的是生活,而不是爱情。

没想到当初唯美浪漫的哲学家竟然屈服了,对妻子言听计从,赤身裸体地失去了哲学家气质。我一直在想,如今的哲学家在追逐什么呢?直到有一天,在书店里看见哲学家的新著,开篇第一句便是:我不是哲学家,爱情如果存在,也只是一段回忆。

师妹公敌

曾经风靡一时的林悦思成了师妹公敌,男同学们或扼腕叹息,或一旁窃喜,但对我来说,这只是一个新闻,或者说绯闻。

素有乱点鸳鸯谱癖好的师弟们告诉我,林悦思之所以短短时间里红遍学院内外,有两大杀手锏,一为滔滔不绝之口语,二乃铮铮有声之吉他,再加貌胜潘安,天生偶倪之状,为他要死要活的女孩子可谓遍地开花。

后来的事我也有耳闻,大概就是林悦思不顾众多女孩的殷勤厚爱,竟然追起师姐来,那师姐长得怎么样姑且不论,关键是人家有男朋友了,所以,林悦思的这种挖墙脚行为被斥为天理难容,声誉一夜之间暴跌。

这事如果我要指手画脚,恐一波未平一波又起,但如果邓如卿能说上几句,定是一言定乾坤,那些师弟师妹们不得不服。

原因很简单,邓如卿就是当事人,对于林悦思的蛮打死缠,她最有发言权。我小心翼翼地问她,有没想过不顾一切来一场轰轰烈烈的姐弟恋?没想到她翻脸不认人,连我这个闺中密友也挨了一顿痛斥。

自讨苦吃,我是没辙了,本想利用这次恋情风波把新创立心灵社团的名声打出去,看来是竹篮子打水一场空,涉及感情方面的东西,大多数人还是难以启齿的。

但我的采访终究是成功了,因为在宿舍楼下,我碰到汤哥,他就是如卿的男朋友,我有点意外,想着怎么打动这位大师兄,他却先开口了,拉着我到一旁草坪,倒豆子般一股脑儿告诉我,其实如卿不是他女朋友,所以根本不存在什么挖墙脚问题,如卿待他如大哥,那些所谓的风花雪月不过是以讹传讹罢了。

我以为故事到此为止,却没想到这只是其中的一章。当林悦思跟我说他和邓如卿是高中同学时,我就知道不简单,果然,故事突如其来地拐了一个弯,林悦思说,他和如卿高中相恋三年,却没想到自己高考时因病而名落孙山,但他并没有就此放弃这段感情,所以如今成了如卿的师弟。

这样的秘密为什么唯独告诉我,当然是因为我与邓如卿闺蜜的关系,但我不想扯太远,感人的故事应该有感人的结局。

作为心灵社团团长,我很快把细节连贯起来,在林悦思复读过程中,邓如卿希望男朋友考更好的学校,林悦思不答应,她就假装另有新欢,如是,便有了如今师妹公敌的产生。

如果那些咬牙切齿的师妹听了这么一段曲折的恋情,我想师妹公敌的称号立马会被情痴王子所取代,可用什么方式把独家新闻发出去呢?当然是心灵社团的讨论会,我想,如果邓如卿也在场,再如果,林悦思也出现,场面一定够黄、够暴力。

不信?请大家拭目以待!

背叛是一种幸福

十八岁那年秋天遇见青青,我就知道在劫难逃。

很多人都喜欢青青,她迷恋徐志摩,更崇拜歌手王菲,在整个华师,她便是莲花一朵,清新脱俗而不失高贵。

喜欢上青青之后,我就再也没有抬头走过路,因为再看路旁从身边走过的女生,总觉得那是浪费时间,我更愿意埋头去想她,尽管知道此刻她正和刘大伟幸福着。传说刘大伟为了感动青青,独自抱着吉他在青青宿舍楼下连续唱了一星期情歌,在全楼女生哭喊着要求青青成全这位痴情王子的压力之下,青青终款步下楼,也就在那一晚,在满楼女生的嫉妒和掌声中,她被刘大伟抱上那辆美洲豹跑车。从此结束了一个少女的孤单,也结束了许多男生的梦幻。

但我没有结束,十八岁那年的梦似乎格外频繁。

那时,大家都把我和李娜凑在一起,李娜是青青的舍友,我并不否认她是一个很不错的女孩,文文静静的,我们很般配,所有人都这么说。

但我明白我为谁而来。

青青就趴在窗口,手指拨弄着那盆兰花,轻声说道,小卓,你先坐会儿,李娜马上就回来了。她也认为我喜欢李娜,或许,我喜欢谁,别人怎么认为我都不会在乎,但唯有青青,她虽是轻描淡写,但留在我心里的却是一道深深的刻痕。

我看到刘大伟拉着青青走在砚湖畔,清澈见底的湖水里,映着一对暧昧的影子,处于爱情中的人总是最美的,但我欣赏起来,却有一种别样的疼痛。

我又一次来到青青宿舍时,她正在听刘大伟弹吉他,一曲《背叛情歌》铿锵有力的爆破而出,很是震撼心灵,配上刘大伟极具磁性的男高音,整个空间顿时充满魔幻般的感觉。青青是那么陶醉,看得出,刘大伟已经把感情深深地种在她心里。

十八岁的女孩,如果确定了爱之后,就不会轻易改变。青青肯定就是这类女孩,有时候她会傻傻地问我,小卓,你说,背叛爱情是什么感觉。

我无从回答。因为我没有爱情,如果暗恋也算爱的话,我也绝不会背叛。

再次看见青青时,依旧是在砚湖畔,水虽依旧清澈,但里面却已是形单影只,因为刘大伟突然走了,为了前途,去了北大。青青憔悴得让我几乎流下眼泪,我跑过去说,青青,你还好吗?

她看了我一眼就扭转了头,那一眼让我久久无法释怀。从那一天起,我深深刺痛了李娜,当我把饭菜送到青青手里的时候,我看到她梨花带雨般地冲出了宿舍。但除了青青,我已经无法再顾及另一个女孩的感受。我说过,我只爱一个,至死不渝,如果她要恨,就恨吧!我和李娜本来就只是别人在虚构。

但青青却没有因为我的照顾而有丝毫改变,她的憔悴几乎让人无法相信她曾经是那么丰腴,那么风情万种,唯有那双眼睛,那丝妩媚,一息尚存。

十八岁的冬天并不寒冷,我决定奔袭北大,告诉刘大伟,他带疯了两个人,一个是青青,一个是我。但是,当看到刘大伟的身旁除了那架吉他之外还有小鸟依人般的一个女孩时,我再也说不出一句话来,我只是轻轻拨通青青的电话,然后把手机交给刘大伟。

要拯救青青,唯有如此,与其永远的痛,倒不如痛快的死。

刘大伟优雅地接过手机。我发现,他还是那么阳光那么帅气,他永远是那么睿智,他清楚地知道电话另一端是谁,所以他很冷静,他的声音依旧充满磁性,他说,对不起,我曾经告诉过你，不在乎天长地久，只在乎曾经拥有。

这就是刘大伟，他无论何时都表现的比我优秀，就连拒绝一个人都是那么的充满诗意。

离开北大，刘大伟送我，他说，小卓，我知道最爱青青的人是你，从你第一次出现我就知道，你付出了很多，说实话，你的付出甚至令我感到愧疚。

我又想起青青听《背叛情歌》那陶醉的样子，或许他说的对，曾经拥有是最浪漫的爱情观，但我依旧坚持我的天长地久，哪怕是一个人的天长地久。

我在青青宿舍楼下不断徘徊，挣扎着是否要做一次终极摊牌。如果她还活在刘大伟的世界里，那么我一定毅然离开，让这份暗恋永远地埋藏在心底，永不开启。

背后的声音把我从想象拖回现实，她说，为什么一个人在这里犹豫不决呢？原来青青早就知道我今天会来找她，所以一早就守候在树的背后，或许是刘大伟告诉了她一切，但我更希望是她自己想明白了所有。

她说，我一直活在刘大伟的爱情里，尽管很苦。我心里一凉，自己终究是要选择离开。

只有你在我身边的时候，她继续说，我才会感觉幸福——她轻轻地说，是爱情的幸福，你愿意让我永远、每时每刻感受这种幸福吗？

愿意,我当然愿意,从今以后,每时每刻、每分每秒我都会伴在你的身边。

她奔过来,重重地扑在我的怀里,痛哭失声。

她说,对不起。我说,我会记住,十八岁不变的承诺。

山楂树失恋

我决定在山楂树下与姗姗分手,用一部电影让她明白,我和她的爱情早已脱离了清纯的轨道,从此之后,各奔东西、互不相欠。

我特意买了情侣座,锁定的影片也正是刚上映的《山楂树之恋》,史称最清纯的爱情,姗姗看了多少总会有点感悟吧!

我曾不止一次暗示她,虽然自己现在是个穷书生,但在不久的将来一定会为她创造一片幸福天地,可她却像着了魔般隔三差五去与校外的那个富二代约会,还美名其曰做家教,却不知那位帅哥正是我同学的一个同学。我不想点破,那样子两人都尴尬,既然她去意已决,何不用一场电影结束当初的誓言,只要她喜欢,又何必吝啬祝她一声幸福呢!

我不知道姗姗是什么想法,两个人奔赴电影院,她显得漫不经心，我试着拉她的手，她也没有拒绝，只是向来活泼的她变得很沉默，好像她所做的，仅仅是作为一个女朋友无法回避的一个任务。

我有点感伤，所谓爱情的清纯，在如今这个物欲横流的时代大概只会出现在电影里，而电影之外，谁不想得到一份有着雄厚物质基础的爱情，所以我并不怪她，人各有志，山楂树之恋只是一个梦，傻瓜才当真。

或许姗姗发现了什么，女孩子总是很敏感，在电影院门口，她突然不愿看《山楂树之恋》了，硬是买了两张《唐山大地震》的票，还兴致盎然地向我推荐，称其为国内最卖座的一部电影。

到了这时候，我已经无所谓了，既然没了山楂树的缠绵，用一场惊天动地的大地震来结束那场苟延残喘的爱情也不错。

在屏幕前，我才知道自己错了，大地震除了场面震撼，其实爱情也演得让人声泪俱下，姗姗哭得一塌糊涂，而我，只能不断地递纸巾，只要还没分手，我仍然要坚守一个男朋友的使命。

从电影院出来，姗姗也渐渐稳定了情绪，在她宿舍楼下，我终于鼓足勇气，可刚开口，姗姗也正好要说什么，我们似乎变得很陌生，一点都没了默契，相互谦让着要对方先说，我经不住姗姗撒娇，终于还是说出了分手二字，但看见姗姗再次流泪，我终究没有说出分手的原因。

那个晚上，不知是因为电影的情节还是现实的故事，我辗转反侧难以入睡，拿着手机再三犹豫，最后还是关了机。

我是在第二天早上才看见短信的，姗姗告诉我，在看完《唐山大地震》那一刻，她就后悔了，她终于明白自己追求的是什么，活着，有一个真正爱的人，那就是幸福，其他一切，地震过后，皆是过眼云烟，她还说，昨晚她想说的话就是这些，本来决定重头再来，可惜，我却先说出了分手二字。

人非圣贤，孰能无过。更何况姗姗并没做了什么，脱轨的火车重新回归更是万分难得，可我竟然放弃了，如果说山楂树之恋是最纯净的爱情，那么，姗姗的回头则是最真实、最牢固的爱情，一夜的未眠让我明白，在心的深处，我放不下她。

我决定再邀姗姗去看电影，看还没看的《山楂树之恋》。

那是青春，不是痘

告诉你一个秘密，我从来不长痘，即便整天泡在学校食堂的麻辣窗口。正因为如此，老三觉得特郁闷，总是在镜子前一边狠狠地挤压一边不停地诅咒："遇到你真是霉运，以前白白净净的，你看现在，我都没法见人了"。

这个时候，我一般会保持沉默，老三的脾气我非常清楚，凡涉及青春痘的细节，无论你怎么说都是错。所以，我通常只会装作听不见，等镜子前的工作结束，痘危机也自然会拉下帷幕。

我曾不止一次地跟老三解释，那是青春，不是痘，像我这样不长痘的男人，说明老了，青春不再，想拥有一颗痘都觉得奢侈。这个时候，老三便会开怀大笑，往我肩膀重重地拍下去，说："走，晚上一起吃火锅。"

说是一起，其实就我一个人在热火朝天，偌大一个包厢，偌大一锅白萝卜炖羊肉，老三竟然毫不为之所动，任凭我怎么描述其中的味道，人家手里还就是一支冰激凌吃得津津有味，边吃还边炫耀："知道一顿火锅的点睛之笔是什么吗？告诉你，那就是店老板免费赠送的一支冰激凌，不过很可惜，你没机会了。"

我真是无话可说，和老三在一起，总会有种冰火两重天的味道，虽然两个人老是唱反调，但如果突然看不到面前那张满是青春痘的脸，反倒会觉得不自在，觉得生活少了点什么。

这种想法一开始其实并不成熟，在老三面前，我从来不觉得会依依不舍甚至倍感思念，直到那个暑假，青春突然翻滚，爱情突然降临。

请不要误会我和老三是同性恋，我从来没有说老三不是个女生，也从来没有否认这个女生长得还蛮帅气，更不会否认身边有一大堆或长痘或不长痘的男生在拼命地向我打听她的点点滴滴，尽管老三对这些从来就是不屑一顾。

但那个暑假太突然，倒不是学校那些小男生愈发追得疯狂，而是在老三的世界里，遭遇了一场传统侵袭。完全没有预兆，完全没有思考，老三的老妈大概是觉得女大当嫁了，竟然安排了一场像模像样的相亲仪式。按老三的话说，那叫怎一个"雷"字了得。

然而，问题就出在这个"雷"字上，雷人从某种角度上也可以理解成为打动人，老三悄悄地跟我说，老妈很满意，自己似乎也没发现对方有什么不好的地方，而且，那个男人不仅身价非凡，更重要的看到老三满脸痘，第二天就送来了日产祛痘外加化妆品一盒，还极其浪漫地留下一张纸条：跟我在一起，你便是世界上最美丽的女生。我听了哈哈大笑，祝福老三终于等到了白马王子，老三则右手一挥，做了个胜利的手势。

老三终于名花有主了，一个人来到那间熟悉的火锅店，冰激凌已经融化，我却还没动一下筷子，没有老三在身边，我突然觉得自己很可怜，如果当初自己体贴一点，或许结局就不是这样了，可是，可怜之人必有可恨之处，谁叫自己没事就在老三面前炫耀自己不长痘呢！

一个人、一锅辣汤、一支冰激凌，这三样东西的迅速混合直接把我送进了校医院，剧烈的疼痛让我忘记了一切，直到两瓶吊瓶打完，我才恍惚地看见老三坐在身边。我笑着问她："你怎么会来？周末不是去陪白马王子了吗？"

这话一说出来，连我自己都觉得自己有点无耻，因为老三极其大声地告诉我："要不是医生说你一直在喊我的名字，人家才不来呢！"

我竟然会在混沌中呼喊老三的名字，喜欢老三的秘密让老三知道该是一件多么囧的事情，否认已经来不及了，我只能使出最毒的一招话题大转移："老三，怎么一天不见痘又多了？"

这时候，只见老三一脸愤怒地扑过来，吓得我紧张地闭上眼睛，良久之后，只觉脸颊一热，老三竟然偷吻了我一下，还在我耳边轻轻嘀咕，我知道你喜欢我，你也知道，我只喜欢你。

我算是彻底被老三征服了，来到华师，就注定要被这个广州女孩折磨，面对那张满是痘痘的脸，我只能告诉自己，那是青春，不是痘。

搭校车

交通整治期间，公交车竟然搞了个单双号出行，兄弟几个为了每天都能出去透透气，毅然决定扮成熟，搭校车出行。

校车是老师的专利，老师可不是想装就装得出来的，我最没经验,兄弟们说罩着我,让我跟在后面就行,然而,我没想到老师也会挤车的,尤其是两位年纪稍大的女老师,更是拼命往前冲,活生生把我从兄弟们的队伍里分离出来,接着连我自己都不知道飘到了何处。

等我抓住一位老教授的手臂稍微稳定下来,司机已经开始吆喝了:"这是校车,非教师员工不得上车。"声音洪亮而富有杀伤力,害得我一颗心扑通扑通乱跳,大气都不敢乱出,轮到我上车,因为双腿有点颤抖,差点没摔下来,而司机更是迅速地抓住我的手。这下可完了,被抓个正着,一世英名毁于一旦,我低着头一句话也不敢说。却没想到司机热心地搀扶着我上车,还关切地说,小心点啊,来,那边坐。

我惊魂未定,前后左右扫视了一遍,竟然没发现一个熟悉的面孔,难道其他兄弟乔装得连我也看不出来?可惜不是,校车发动那一刻,我分明从窗口看到其他兄弟被远远地甩在车后,我心里忍不住感叹,看来一切都是命,他们借了西装戴了眼镜也没用,校车就是校车,不是一般人可以搭坐的。

自从我尝到第一次甜头后,在往后的日子里,即便整治已经结束,即便公交车就停在身边,我也是嗤之以鼻,首先考虑的总是搭校车,既舒适又免费,不坐白不坐。而且,我还发现一个好现象,那司机大叔似乎已习惯我搭校车了,也就是说,久而久之,他已把我当作教师员工中的一位。因此,我越来越理直气壮,越来越抬头挺胸,似乎这校车就是我家的,谁不让我坐谁就是对我大不敬。

为了把搭校车的优势荫及自己人,虽然兄弟几个已经彻底没了信心,但我还有个女朋友,便决定给她来个惊喜,本人作为学校教师员工,带女朋友坐个车该是天经地义吧,再说了,如今我已和司机打得火热,多少也要给我几分薄面吧!

机会终于来了,元旦节那天,女朋友叫我陪她回家,顺便和父母吃顿饭,这个当然,但女朋友家比较远,公交要转好几趟,考虑到校车同路,我便硬拉着女朋友朝校车站走,女朋友不知道我要干什么,但又无可奈何,等到了校车旁,女朋友突然说:"不行,不要坐校车。"我知道女朋友怕被赶下来,便硬拉着她上车,而司机看见我们也是一脸错愕,接着便使了个眼色。乘此良机,我几乎是抱着女朋友坐到了司机后面的位置,以显示自己和司机关系是多么铁。

一路上,女朋友沉默寡言,我猜她是紧张,便问她怎么了,可她就是不说话,直到到站的时候,其他老师都下车了,我也拉着女朋友准备下车,可女朋友却一动不动,还莫名其妙地冒出一句话:"不要下了,司机会送我们到家。"

我云里雾里地不知什么意思,司机大叔却突然发话了:"小伙子,我一早就在女儿的相册里见过你了,得,待会儿你们在车上等下,我下去还得买点菜。"

我几乎要崩溃，原来司机大叔是女朋友他爸，难怪女朋友从不愿意坐校车，难怪人家赶走了所有兄弟，就是留下我。自己真是自作聪明自以为是，那一刻，我恨不得立马找个洞钻进去，可是我不能，因为我必须想清楚待会儿吃饭时怎么开口。

圣诞结

林娜有点调侃地跟我说："不要一个人爬得那么高嘛！来，下来，下来和大家一起庸俗！"

我知道她是在挖苦我，每次她说有聚会，我都会找各种借口拒绝，就像刚才，她说圣诞节去圣心大教堂，我就说圣诞节要见导师，然后，她就冒出了那样一句酸不溜秋的话。

打心底讲，林娜是个蛮有品味的女生，穿着自不必说了，更重要的是靓而不骄，这年头，像她那么漂亮的女生能安安静静地坐下来看几本书，而且还是西方哲学，实在是难能可贵，我们当初就是因为争论柏拉图的精神恋爱而走在一起的。

然而，正如某位前辈师兄所言，女生一旦研究起哲学，行事便也抽象起来。对于林娜，我最害怕她说聚会，如果仅仅是几个同学逛个街、唱个K也就罢了，偏偏是她不爱这一套，她所谓的聚会就是耶稣基督交流会,一群虔诚的教徒好不热忱,不把你拉入神的护佑下决不罢休,我算是被阿门怕了,每次林娜一张嘴,我便只能在心底哀叹,请耶稣基督救救我吧!

当然,我对任何信仰绝没有任何亵渎的意思,我只是渴望自由,不习惯把梦想放在神的眼下,所以,每年一度的圣诞节,对于林娜她们来讲,当然是重大而快乐的节日,然于我而言,却是一个结,死结。

离开林娜,我仍然坚信自己是对的,即便自己喜欢她、爱她,但绝不可因此而颠覆自己所追求的东西,我是一个政治学研究生,对于圣诞,或者说宗教,我有自己的看法,虽然这种看法无关对错。

林娜肯定在生气,肯定在骂我说话不算数,过去那些所谓的爱情誓言完全是欺骗、是敷衍,我与街上的那些男人一样,找她只是心理上的需要。

这并不是我的臆想,林娜是直性子,虽然这不是原话,但意思也差不了多少。这样想着,我便越来越纠结,圣诞节,真是一个麻烦的舶来物,幸好导师可以做我的挡箭牌。

但是,我怎么也没想到,这个圣诞节,导师竟突然去了澳门,那边有一个重要的学术研讨会,学校公告栏到处贴着海报。我一看便知不妙,还没等我反应过来,电话已经响了,林娜果然消息灵通,大声质问我还有没有别的借口,我吞吞吐吐地只能假装高兴，和她一起商量圣心大教堂的活动。

我不知道自己是抵触圣诞节还是抵触林娜，在一切安排好的最后一刻，我突然对林娜说，一切都没问题，但请不要邀我入教，很讨厌。然后，林娜一句话也没说，直接挂了电话。

明天就是圣诞节，同学都在外面狂欢，但我却怎么也高兴不起来，带着耳麦，独自徘徊在校园小道，耳麦传来陈奕迅的歌。

"我住的城市从不下雪，记忆却堆满冷的感觉，思念的旺季霓虹扫过喧哗的街，把快乐赶得好远，落单的恋人最怕过节"。

陈奕迅的这首歌也叫《圣诞结》，但我不知道同样心情的他是否也有同样的原因，在爱情与信仰面前，哪一样更重要，这是一个没有答案的问题，但我却纠结不清，心里隐隐觉得，自己真是一个俗人。

耍流氓的爱情

干干净净的校园里，流氓这个词已经相当重口味，如果前面再加个女字，其雷人程度更是可想而知。但我还是要继续讲下去，因为这个女流氓——白露，她是我女朋友。

名曰流氓，其实根本就没有一点流氓相，甚至远远看上去，还相当文静、矜持。所以你一定会抗议,女流氓这个号是哪个混蛋取的?答案很简单,我给她封的,还是背地里、偷偷地干的好事。

提醒一点,我没有给人乱取绰号的癖好,只是在某天,听到这样一句话:凡是不以结婚为目的的恋爱都是耍流氓。之后再三琢磨了白露与我在一起的言语表现,才慎重地下了结论,她根本就不想跟我结婚,她只是喜欢玩,喜欢恋爱的感觉。

恋爱的感觉很奇妙,说不出个所以然,但不可否认,不仅是白露,我也很喜欢。但我的喜欢是建立在对未来美好的憧憬上,白露却完全是今朝有爱今朝恋,明日一不小心便厌倦了,想找点新鲜感觉尝尝。

这是我不能容忍的,虽说恋爱自由,但自由也得有个度,退一万步讲,白露比我小好几岁,她可以重头再来,我却一天也耗不起,要我这种人抛却一份感情,并重新激情澎湃地投入另一场爱恋,那还真须等到山无棱,海无角,才敢与君绝。

如是,我开始暗示她,不经意地提醒她,什么叫曾经沧海难为水,除却巫山不是云。常常讲些牌坊贞女的故事,目的只有一个,让她明白一个女孩子应该如何对待爱情。

可是我错了,当她父母来学校看她,在介绍我的时候,她依旧很淡定地说是同学,完全没有让我融入其中的意思,甚至在父母回家后,还兴致盎然地跟我提起她老家有人上门提亲的事情,听得我只能一阵强颜欢笑。

我不喜欢自己耍流氓,更不喜欢一个女孩子耍流氓,尤其是耍的对象正是自己。所以,某个夜里,我果断地制定了自己的反耍计划,写了一打又一打匿名的情书,赤裸裸地发到女友的邮箱,然后等着看她如何应对这突如其来的爱情袭击。

可以说,我干的这一大坏事虽然至今仍是一个秘密,但却使我和女友的爱情一直走了下来,尽管依旧存在耍流氓的危险。但这对我来说已经不重要,因为从收到她的回信那天开始,关于恋爱的意义,在我心里已经颠覆。

女友的回信很坦诚,她说,对不起,我已经有男朋友,但我依旧感谢你对我的爱,你说能给我很多,能带我走向婚姻的殿堂,我都相信你,但很可惜,在青春的岁月里,我并不想以任何爱情之外的东西为目的,爱就是爱,我只想干干净净地和我爱的他走下去,其他的东西毋须考虑。

爱情如果以婚姻为目的,它虽然不再是耍流氓,但也不见得多纯净,甚至会因为目的而充斥更多物质的东西。这就是我从女友那里得到的启发,趁着年少,乘着美好的时光,何不好好地耍一次流氓,留下一段一尘不染的爱情故事。

我和居里夫人

鉴于某女生不喜欢宅女这个称号，又仗着自己是某帅哥的女朋友，竟打死也不肯承认自己沉迷蜗居，还美名其曰淑女，不轻易露面。

简直就是扯淡，不过，我喜欢。虽然该女生的确是宅了点，任性了点，被我惯坏了点，但我还是愿意以爱的名义赠名，祝贺你，居里夫人，祝贺你这么年轻就认识了我。

其实居里夫人跟我仅是认识，谈不上深交，只是有一次，作为小师妹的她叫我上她家修电脑，我问要不要带套——结果她啪地一声就把电话给挂了，我连"工具"两个字都没来得及说出口。幸亏后来跑到两公里外的公话亭打电话给她，她才接通了听我解释。悲催吧？不过我们的祖宗有一句非常牛逼的话：祸兮，福所倚也。经那一劫，居里夫人和我可谓一波三折，从浅交掉到深交，接着又上升到神交，再然后，有一天，她终于忍不住问我和她什么关系。我想，是男人的都知道怎么回事了。

好吧，为了证明兄弟所言非虚，请各位稍安勿躁，关于居里夫人的故事，且听兄弟细细道来。因为哥的出现，居里夫人终于名花有主，但是，有主的女人是疯狂的，是让人吃不消的，当然不是摆了一大桌让你吃不下，而是每顿吃的粮不仅要粗，还要少，还要不沾油，如果能不吃的话那就更好了。我曾举着一只鸡腿放在她嘴边问："请给我一个不吃的理由"。诸位兄弟，且看我家居里夫人回答何其有文化、有内涵、有烈女风范。"天将降魔鬼身材于女子也，必先饿其体肤，饿其体肤，饿其体肤，饿其体肤，饿其体肤，饿其体肤，饿其体肤，饿其体肤，饿其体肤，饿其体肤……"如果不是我把鸡腿果断而心疼地抛向远处，伟大的孟子先生都会被她折腾出地面来。

　　我曾试探着建议，身材不是闭上嘴巴就能出来的，每天从宅里出来一下，身材一定会更好，你看这丝袜，买了不穿出去多浪费。我承认，我是一个不懂女人的男人，更是一个不懂丝袜的男人，否则，我又怎么会预测不到自己女朋友会借着丝袜而转守为攻呢？

　　她问我："你知道丝袜象征什么吗？"为了显示自己的才华，更为了讨好她，我的回答当然是："美丽、性感、迷人、诱惑，就算绝代宫女杨幂也难敌一二——。"我自认为回答足够让任何一个女孩心花怒放了，但人家居里夫人不愧为拿过大奖的主，她极其御女风范地送给我两个字：权力。丝袜象征着权力，女人可以用它征服男人，男人可以用它征服银行。我能说自己不为她的美腿所动吗？我能拿着丝袜去银行证明这种理论的局限性吗？不能，我只能拜倒在居里夫人的石榴裙下。人死丝袜下，做鬼也风流，权且聊以自慰吧！

不过，作为居里夫人的贴身男友，当然也会偷偷地抓住对方的一些小把柄，比如说，因为长期宅女，逃课无数，所以她特害怕考试，有一次，我轻轻问她："这次考试还好吧，考官严吗？"居里夫人看都不看我一眼，便说："真讨厌，每次考试前都要说，把与考试无关的东西放到讲台上来。"这很正常啊，据哥的经验，越是注重这些条条框框的老师监考越是机会多多，聪明的居里夫人怎么会连这点经验都没有呢？后来才发现，人家在博客里写了这么一篇经典：开篇引言便直奔主题，"每次老师说，请把和考试无关的东西放到讲台上。我就很想把自己放到讲台上"。而下文的内容则更堪比《孙子兵法》，不可不读。"突击为主，作弊为辅：采取师进我藏，师退我抄，迂回作战方针！送你一副对联：考试不作弊来年当学弟，宁可没人格不能不及格。横批：死也要过。考试必要技巧：三长一短选最短；三短一长选最长；长短不一要选B；参差不齐就选D。以抄为主，以蒙为辅，蒙抄结合，一定及格！"

身为师兄，身为前辈，身为居里夫人的首席男朋友，深感惭愧啊，为什么这样的经验到了这个时候才看到，而且还是出自后辈小师妹之手，难道真的是长江后浪推前浪，前浪死在沙滩上！

不然，其实在有些方面，做师兄的还是很有优势的，很让师妹们看不懂的。比如说那天跑到居里夫人宿舍看电影，浪漫的时光突然被一段剧情折断，男主角跟女配角突然亲密起来，而且还不断突破极限，一脱而不可收拾起来。我紧张地站起身朝后走，却听到居里夫人咯咯直笑："呵呵，还挺封建的。"可当她看到我重新坐下来，眼睛上多了一副眼镜时，便连"色狼"这两个字都懒得骂了。而哥的感觉真是爽歪歪，从剧情到现实没一处不痛快。

哥与居里夫人的恋情一直持续到毕业，那天，其实已经多次警告过、强调过她要注意身份，下午会有重要的人来看她，可当我敲开她的蜗居，很男人、很尊严、很命令地朝她喊："倒两杯水。"我们的居里夫人却只顾玩游戏不理人，哥的火气有点往上涌，便又大声说了一遍。这个时候，兄弟我简直不敢相信自己的耳朵："喊什么喊，再喊小心老娘把你小弟弟整得口吐白沫！"害得我那第一次来学校的父母被雷得目瞪口呆。

不过也好，传统的父母以为我们真的已经发生了什么，硬是逼着我们结束了恋情，直接登记、结婚，化爱情为亲情，继续我和居里夫人的喜剧人生。

忠贞一号

忠贞一号不是一艘航船,也不是一架飞机,忠贞一号是一个承诺,或者说,一句誓言。

我知道很多同学都在笑话我,伊朗的学生都开始美国派了,一个中国大学生竟然还有如此传统的想法,迂腐,比大清学士还迂腐。

我承认,自己在某些时候、某些方面的确表现得不那么符合现代化进程,但在你们对我做出评价之前,我想先做一个简单的回忆,请允许我如此唐突的要求。

在许多年前,其实我有一个绰号唤作松土哥,顾名思义,我就是那种喜欢挖人家墙脚的人,而且是挖一个换一个,绝对比美国派还美国派,直到在去年的夏天,我遇到一个名叫三三的姑娘。

和三三的发展很直接、很了当,或者用一个更恰当的词,那叫疯狂。我们的见面发生在一场关于爱情的讲座上,然后是讲座后在砚湖畔关于爱情的探讨,乘着一阵风轻轻刮过,一不小心我便露出了狐狸的尾巴,告诉她,关于爱情,不如我们实践吧。

对于三三的爽快回应我一点都不感到意外,从看她的第一眼开始,我便知道她眼里有我,所以,当我们在内环路拉着手散步时,也就在认识的第二天。既然她愿意跟我玩,我便有理由不顾一切地玩下去,否则,我便不是松土哥。

但我怎么也没想到,三三不喜欢玩,在爱情的世界里,她似乎比谁都认真,而且,当柳树下结束那个长吻之后,当她极度害羞地说出初吻二字之后,我才从游戏的世界里幡然醒悟,三三从来就没男朋友,自己根本不是在挖一座墙脚,而是在开辟一片荒漠。

我不喜欢荒漠,一个人去培养一片爱的绿洲太辛苦,所以我得以最快、最毒、最彻底的方式结束这个突如其来的意外。所以,认识三三的第三天,我对她提出了连自己都无法接受的要求。

短信很简单,我说,晚上去开房。三三便打了个害羞的表情,说,人家还小。直到我无休止地提出必须开房,否则分手的要求时,她才慌了,哭着问为什么,我的回答很简单,不为什么。接着便是分手,轻松搞定。

我一个情场老手,初出茅庐的三三又怎么会是我的对手,对她的伤害,我只能在心里说一声抱歉。情场很可怕,要爱须谨慎,她不是要和我实践爱情吗?实践证明,我不适合她。

从松土哥到忠贞一号的转变,很突然。在我正准备对来自上海的一位女生发动淞沪会战时,谁也不会想到,敌后爱情根据地已经在我的周边悄悄建立,而根据地的主人正是三三,在我毫不知情的状况下,她竟然向所有熟悉我的同学打听了我的近况,问我最近是不是遇到困难,是不是受了什么打击,还恳求我的同学一定要帮助我。

淞沪会战戛然而止,倒不是我的进攻停滞不前,而是在那一刻,我突然发现,三三才是我应该去爱的人,正因为她是一张白纸,我才更应该去好好保护她,用一生的时光。

找到三三,我只对她说了一句话,我要做她的忠贞一号,不管外面的世界如何美国派,我只愿陪她走在最传统的路上,直到海枯石烂、地老天荒。

没有伞的孩子必须努力奔跑

早在来大学城之前,我就听说华师处于雷区,但我万万没想到,大学城的雨是如此地频繁,伴着阵阵雷声,一下就是三两天,没有伞是绝对不行的。

但是,我没伞,两年来从未有过一把伞,所以常常被淋得像个落汤鸡。当然,并不是没有伞卖,而是我很不习惯,拿着一把伞在路上，总觉得别扭。同学说，小谢真是洒脱呀！我听了只是微微一笑，洒脱的又何止我一个，走在校园里，不打伞的同学满地皆是。

淋雨的心情是复杂的，到底是要狂奔还是悠然自得地在雨中散步，我很矛盾，但看到那些同样不打伞的人我就释然了，小雨散步，大雨狂奔，一阵狂呼中，大家欢天喜地各奔去处，还颇有一番意境。

在我的记忆里，印象最深的一场雨发生在去年暑假，同样是没有伞，但遭遇的那场雨却特别大，我在图书馆门口徘徊了很久，到底要不要来一场引人注目的雨中狂奔，看着有伞的同学骄傲地撑开一把把伞，红蓝绿紫的煞是好看，我一下子便变得伤感起来，伞于我而言，到底有多重要。

可惜，我还没来得及思索，就被一声轻轻地问候惊醒了，一位可爱的小师妹问我，要不要一起撑伞回去？人家一片好意，我当然没理由拒绝。也就是那一天，两个人走在雨里，我突然发现，有伞的感觉真好，不管风吹浪打，胜似闲庭信步。简简单单的一把伞，可以为我遮去风雨，也免却了许多烦恼。

对伞的认识加深了，但我依旧没有去买一把，因为如今的我，每每遭遇风雨，那个小师妹，也就是我现在的女朋友，总会及时地来到身边，两个人紧紧依偎在伞下，风景虽然没以前那么开阔，但温馨却增添了许多。望着身边没伞的同学，我总会忍不住狂呼。喂,快跑哦!努力跑哦!

　　没有伞的孩子必须努力奔跑,这是我,作为一个过来人的深切感悟,两点之间,当你遭遇风雨,千万不要抱着侥幸之心稍有停留,风雨从来不讲感情,只有用力狂奔,用最快的速度到达目的地,才能最好地保护自己。

　　我想有把属于自己的伞,这个念头来得很突然。上个周末,女朋友说,去面试,带把伞吧,别淋出病来了,我笑笑,自信地告诉她,自己很强壮,放心。可惜,等面试结果公布后,我却大失所望,明明自己排在第一位,却偏偏被刷了下来,还不给任何理由。望着那些成功者被一辆辆车接走,我忍不住哀叹,伞这种工具,其实有很多种,它不仅可以遮风挡雨,还可以为一个人的前程铺上便捷的大道。

　　淋了一场雨,我竟然大病了一场,女朋友每天守在我身边,对我说,不管外面风雨有多大,她都会陪我一起地老天荒。我点点头,紧紧握住她的手,那一刻,伞于我而言,已经不再是一把伞那么简单,不仅仅因它连接了两个人之间的感情,更因为在茫茫人海中,它可以给每一位有爱的人带来希望。

女友163

很多年后,我喜欢用163来称呼生命中曾出现的一个女孩,我知道这样挺残忍,但163这个数字已然成了我对她最直接的记忆,除了这个代表身高的数字,其他,我似乎什么都忘了,当然,似乎而已,忘这个字,终究是一种心理暗示罢了。

163是我第一个女朋友,我不敢肯定当初和她在一起,到底是不是真爱,青春年少,终究不能完全体会爱所担负的责任,至少我是这样子,懵懵懂懂,某些时候,突然会想见她,非常想。

其实,163似乎更想我,坦白讲,她给我的电话要比我给她的电话多上一倍。这是一件值得欣慰的事情,甚至在那时候,自己会觉得有点骄傲,有个女孩子这么想着自己,终究是一种幸福。

所以,不知从什么时候开始,对于163,我愿意为她做一切我能做到的事,无论那件事有多么大,又或多么小。在爱情的世界里,她开始还挺客气,但随着,大概是爱情的渐渐深入,她变得不再那么客气,什么事直接推过来,不考虑任何其他因素,在她心里,大概只剩下理所当然这个词。

与163在一起的日子，我明白了一个道理，在爱情的世界里，不要容忍，不要让爱护化作骄纵，不要让爱情在爱情的世界里慢慢变质，当忍耐积蓄到不能承受之重，我想，所有人都会像我当初那样，厌烦，甚至恐惧便悄然诞生。

可惜，年少的我终究是不懂爱情，如果当初爆发一次、两次、甚至更多几次，我想，163一定不会变得那么不堪，那么女人得不分是非黑白。

三个月，当初的我必须用三个月准备人生中的又一次大考，可是，爱情没有给我带来任何鼓励，相反，163刺激了我，毫不留情。

其实在那三个月之前，我的舍友便在某个傍晚，硬是要拉我去见一曲好戏，当然，我没心情，也没那么无聊，直到三个月后，当我的手机在考试中活生生地振动了半个小时，我才明白，出事了。

关于打扰我考试的愤怒似乎突然变得不那么严重，因为考试之后，163的短信更雷人，我和他的事你已经知道了吧，我们分手了，现在才知道你对我是最好的。

什么事？我不知道，而且我也告诉过她，考完试，再去找她。那段日子压力太大了，我怎么知道她发生了什么，我只能安慰她，叫她不要伤心。如今想来，我又犯了重大错误。

当我确证163的确和另外一个男生来了一场闪电战后，结局当然只有一个，再见，163，连三个月的孤独都不能承受，凭什么相信你所谓的真爱。我和她，两人其实像在玩旋转木马的游戏，无论怎么努力，看似在一起，其实永远都有距离。

但是，163的故事却并未结束，虽然沸沸扬扬，却一切已与我无关。当舍友悄悄告诉我怀孕这个敏感词，我才知道人家玩得远比我想象的深入，远比我想象的前沿。因为我收到短信，可以陪我去医院看看吗？

可怜之人必有可恨之处，我不知道自己的所作所为是不是很卑劣，那天，我用最快的速度换了手机号码，换了QQ，换了一切与曾经的爱情有关的联系方式，然后，悄然逃离，不留痕迹。

节日快乐

遇见黄子敏那天，我明白了一个词，闪情。

还好，我想我的风格是稳重的，语言是幽默的，气度是轩昂的，或许还真有那么点细心体贴。直白的表达，如果黄子敏没有那么一丁点动心，没有那么一丁点领会我的心意，我会鄙视她，或许鄙视我自己。

这是需要验证的，而验证的方式就是再约她，当晚就Q她，说，敏，喜欢看什么电影？周末我请你。可她回复了一张笑脸，说看看吧，到时可能有事。

现代爱情有条名言，趁热打铁，穷追猛打，千万不要给对方喘气之机。我深得其精髓。

我与黄子敏的感情突飞猛进，大有一举拿下中军帐的气势。苍天不负有心人，情人节前一周，黄子敏竟然来了。看着宿舍乱糟糟的一团，她静静地帮我收拾。那一刻的她是柔情的，柔情的需要一个人的拥抱，可是我没有。因为，看一个人还要看到她的背后，因为宿舍门外，分明有另一个男人在等她。

她就那么离开了宿舍，带着暧昧，或许还有一点牵挂。

原来是落花有意流水无情，我决定鸣金收兵，与其穷追不舍掉进敌人的陷阱，还不如死守城池等候一位佳人。在如今的都市，是遭遇不了爱情的。

我不再给黄子敏打电话，无所事事地闲扯些鸡毛蒜皮的事情，也不在QQ上发些可爱的卡通图片逗她开心。然而长夜漫漫无心睡眠，如果能与红颜知己对酒当歌、秉烛夜谈，那又是多么快意的事情，可佳人已逝。

2010的情人节，我注定孤单。百无聊赖，我晃悠到那个酒吧，那个经常与黄子敏在一起的酒吧。

简单的剪纸，简单的旋律，除了门口多了几张情人节的宣传图之外，与平常别无二致。昔日坐在对面的人儿如今已不知去向,拿起酒杯,一口气把那杯威士忌喝个干净。

老板娘满含深情,说,今天是个特别的日子,而在座的,多是我的老朋友,朋友之间应该敞开心扉,所以今晚,在这里,如果大家愿意,每个人都可以站上台来,说说自己,说说在这个情人节,你有一段何样的往事、一个何样的梦想。不管是期望、是遗憾、是恨抑或爱,没有什么大不了,因为我们的酒吧名就是——直白之恋。

酒吧一片沉浸,我知道,大家都在回味。谁没有一曲感人肺腑的爱情曲,谁没有一阙动人心魄的钟情诗。只是很多人都觉得,往事不堪回首,未来只在梦中,既然爱了、伤了,又何必再揭开旧痕。可是我,我的故事很简单,既不曲折,更不感人,甚或,黄子敏根本就不存在,那只是我一个人的独角戏。

但是对她,我却似有千言万语,只是她走的太匆匆,我还来不及告诉她真正的我。所以我朝老板娘示意,我要说上几句。

我说,有一个女孩,我们相识不久,只是刹那的芳华,触及了我心灵之魄,我知道,我可能爱上了她。我们曾经一起坐在酒吧的一角,听她讲日升月落、讲朝霞绯红,说实话,当时我并不在乎她讲什么,我只为她的声音陶醉。只是我一直担心,其实很多东西并非表面那样,我想告诉她,但又怕失去。今天,她终于陪在另一个男人身边,所以我也应该找回自己。我是个粗犷的男人,我没有一颗体贴入微的心,我不会拐弯抹角地讨她开心,更不会勉强自己去做些烦琐的事。我就这样,一个大男子主义者,一个自以为是的爱情失败者,但我会以我的方式去上演一场我的爱情,如果没有合适的女主角,我宁愿等,宁愿让别人讥笑我的独角戏。2010 的情人节我很平静,我想平静地对她说,我爱你,是认真的。

我不知道是怎么走下台的,我只知道在那片掌声中,有很多人在朝我微笑,甚至有女孩在尖叫。但我什么都没看见,什么都没听见,回到自己的位置,为自己斟满酒,我应该醉,这样的夜晚,是醉人的夜晚。

为什么不为我斟杯酒呢?黄子敏竟然坐在对面,微笑着说,你讲得真好。

我僵硬地举起酒瓶,为她斟酒,但她却拉住我的手,说,让我来,以后都让我来。其实 2010 的情人节并不平静,因为坐在对面的黄子敏坐在了我身边,还甜蜜地贴在我的胸前。她悄悄说,我想听到一句话,我要你直白地对我说。我说,子敏,你人真好。

不对不对,她撒娇着捶打我,后面四个字错了,我问她错在哪,她就很生气,说我不够直白,明明在台上说过的,一会儿就不承认了,说着就要哭起来。眼泪是女人的杀手锏,遇此一招,男人的结局定是溃不成军,所以我赶紧在她耳边轻轻的说,我很爱你。黄子敏便笑起来,笑我真傻。

我又上当了，抓住她挠她痒，叫她把那四个字还我，否则就不放手，她哈哈大笑着举手求饶，大声说，还给你好了，四个字，节日快乐！

如果这都不算爱

高数是宋娟娟的痛，临近毕业，如果这次补考再不过的话，那就意味着延迟一年毕业，这样的结果对她来说还不如一头撞死算了。

郁郁寡欢中，舍友阿美突然冲进宿舍，也不管她心思重重，拍了下她的肩，然后郑重其事地说，我的大小姐，上次问你的事总有个结果了吧！可怜人家赵明德天天听着张学友唱《如果这都不算爱》。

原来赵明德暗恋宋娟娟，所以一直通过阿美这条渠道向心中的白雪公主表达自己的倾慕之情，可惜落花有意流水无情，宋娟娟也没明确表示什么，只是说两人缺少了解，一切都要看缘分。

阿美看宋娟娟心事重重，便小心地问出了什么事情，得知原来又是高数这一浩劫，眼珠一转，说，天赐良机，等我好消息，接着便飞奔出去了。

原来赵明德的父亲是学院数学系带头人,也是出卷人,所以赵明德要想偷偷拿到试卷,那是轻而易举的事情,更何况这次考试关系到自己喜欢的人的未来,肯定是义不容辞了。

果然,没过几天,赵明德真的把父亲的试卷拿了出来,偷偷交给宋娟娟,并神秘地说:"千万要保密啊,要让我爸知道,咱都得完蛋。"

宋娟娟心里七上八下,总觉得这样做会伤害很多人,但一想起要自己一个人延迟一年毕业,又觉得这样冒险是值得的。赵明德看自己喜欢的人为难,便把试卷放在宋娟娟的桌面,说,你抓紧时间好好复习,有不懂得可以问我。

宋娟娟露出感激的微笑,和赵明德一起认真地把试卷上的题目做了一遍,为了防止上了考场又忘记,干脆又把整张试卷都背了下来。宋娟娟心里暗暗高兴,认为这次即便拿不到优秀,及格是绝对不成问题的。

谁知过了几天,正当宋娟娟开心的在网上偷菜时,赵明德竟然找她来了,一见面就焦急地说:"错了,搞错了,上次我给你的那张试卷是A卷,按学校规定,我爸出了两套,这套B卷我昨天晚上才发现。"说着从书包里掏出一张试卷,塞到宋娟娟手里。

宋娟娟又花了好几天时间把试卷全做了一遍,还约赵明德一起散步，讨论试卷中的一些疑点问题，赵明德当然是欣然应约。

最后的补考时间终于临近了，可就在这个时候，赵明德又气急败坏地找了过来，劈头就说："真是不好意思，我爸可能发现了什么，我看见他昨晚又重新出了一份试卷，题目全改了，这次我是趁着半夜他睡着，偷了他钥匙才弄到试卷的，你看，这才是最后真正的考题。"

最后考试的时刻终于到来，伴着清脆的铃声，宋娟娟信心十足地走进考场，然而，当她接到真正的试卷打开一看，不由得傻了眼，天啊！试卷上所有题目又变了。可是不考也罢，一考，倒反而轻松了，原来这份试卷题目虽然变了，但万变不离其宗，无论哪个题目，哪个解题方式都与赵明德提供的三份试卷题型差不多。

宋娟娟顺利走出考场，一眼便看见阿美站在走廊口，便气呼呼地走过去，一脸愤怒，问，看到该死的赵明德了吗？竟然给我假试卷，差点毁了我的前途。阿美不知道怎么回事，便说，刚还在这呢，他一直在外面陪着你考试呢，说要等你出来再走，不过刚刚他父亲把他拉走了，不知道出了什么问题。

宋娟娟心里一惊，莫非偷试卷被赵教授发现了？所以连夜又把试题改了，如果事情报到学校，那自己和赵明德岂不都完蛋了。想到这里宋娟娟赶紧拉着阿美朝赵教授办公室冲去。

还好，赵明德正站在他父亲身边，一动不动，似乎只是刚刚挨了一顿痛骂。宋娟娟不管三七二十一，冲进去便大声解释："赵老师，这次不关明德的事，都是我一个人的错。"

赵教授回过头，微微一愕，便笑道："哦？怎么不关明德的事，我让她上午陪母亲买点东西，这家伙竟然跑到考场边不知道在干什么。"

原来不是那回事，赵教授接着说，恭喜了，娟娟，这次通过是没问题了，没想到你进步这么快——。赵教授还要继续，阿美却一把拉着他说，老师，走，我找你有点急事，接着硬拉着赵教授出了门去。

赵明德有些尴尬，看着眼前不知所措的宋娟娟，抱歉道，其实那三份试卷都是假的，我只是想让你光明正大地通过大学考试，才自己出了那几份样题，只要你认真做了，考试就不会有任何问题，如今你终于通过，我向你道歉。

宋娟娟如梦初醒，只见赵明德拿出一支玫瑰，说，我一直在等你考完试，等你走出来的那一刻，便把这支玫瑰送给你，现在，你愿意接受吗？宋娟娟不由得热泪盈眶，拿着那支鲜艳的玫瑰，备感幸福。

第三篇

远离一个女孩的千万种理由

师妹的危机

都说师妹是宝,但自从英子出现后,师兄们却竞相逃散,大有 2012 世界末日来临的恐慌。

胆寒之余,我不禁仔细端详英子,虽说不及周冬雨在山楂树下的风采,但也不至于被师兄们纳入小月月无敌系列,以致全院男生闻风丧胆啊!

我仔细想过,于公,作为学生干部,有责任平息学院不正常风波;于私,作为英子的舍友,有义务为姐妹抱不平,这可是女孩子一辈子的事情。所以,那个月黑风高的夜晚,我悄悄做了个赴汤蹈火的表情。

早就听说师兄如狼似虎,但我还是义无反顾,在一场学院活动中成功打入师兄圈,实施代号为"英子"的潜伏事业。

我的目标很简单,主要是窃取对方避讳英子的原因,可惜,半个月的抽样调查发现,英子在师兄们心中堪称美女,即便个别认为不是自己喜欢的类型,也特别补充说明,那只是英子美得不那么明显而已。

我无语,再调查家境、学习、工作等情况,发现英子乃大家千金,学习成绩名列前茅,她也是学生干部,还代表学院在各种比赛中拿下不少奖项,如此优秀的一个女生,到底哪点让师兄们深恶痛绝,以致不惜辣手摧花,把她打入十八层地狱。这不公平,我为英子惋惜,所以,我的潜伏事业还将继续,尽管任重而道远。

三个星期过后,一位师兄终于露出了狐狸尾巴。那天,我们聊天时讲到最讨厌的事,他不小心蹦出一句话:最讨厌别人借钱不还了,英——。虽然没说完,但我还是注意到了这个细节,以此为突破口,我很快挖掘到一个惊天秘密,原本英子是很受欢迎的,因为每次跟师兄在一起她都借钱,而且还狮子大张口,很多师兄不堪折磨,才造成今天如此不堪局面。

原来如此,可英子是名副其实的富二代啊!她借钱,肯定是性格问题,这没什么大不了,只要把话说清楚了,师兄们大可不必谈英色变嘛!为了英子,我没有马上退出师兄圈,反而更加接近他们,帮他们做自己能做的一切,目的只是为了英子,我一定要改变他们的片面之见。

可惜,出师未捷身先死,当我打开邮箱,十几封情书花花绿绿地摆在面前,上面全是师兄熟悉的名字,还有罕见的肉麻之辞,我一下子吓傻了。他们到底还是动手了,而且是倾巢出动。

我赶紧关了邮箱,良久后才稍感平静,打电话叫英子回来,告诉她,是她报恩的时候了。可她却哈哈大笑,一副幸灾乐祸的样子很是欠揍,我无奈地冲她大吼:"不要逼我,让我一伟大起来,可是一发不可收拾。"

我没想到英子会告诉我一个惊天秘密,开学之初,她邮箱里也收到同样多的表白。我问她读了什么感觉,她却还在笑,反问我:"恶心的妈妈抱着恶心哭得很伤心,你猜为什么?"我不知道,她便哀叹一声:"因为恶心死了!"

从英子口中我终于明白,英子是故意向师兄们借钱的,目的只是为了远离爱情的硝烟,保卫清净的家园,可她这种瞒天过海的把戏却把我害苦了,如今危机转移,我又该何去何从?英子只跟我说了两个字:借钱。

十三号街的少女

连我自己都不敢相信,为了小叶子一句话,我会从千里之外的广州直奔上海,更夸张的是,她只是我的网友,小我两个轮回的少女。

但有一点毋庸置疑,她很美,或者说很媚,坦白讲,对于这类不谙世事的少女,我并不想伤害她们,但如果对方有那么点主动,有那么点需要,我又会感到特别兴奋,特别想发生点什么。

尤其是小叶子,我已经和她聊了近一年,知悉她的情史,甚至欣赏过她的身体,我们在视频里无话不谈,可尽管如此,却始终没突破一条底线,她不愿和我见面。这让我很抓狂,在我眼里,她既无知又聪明,既清纯又放纵,我常常会想,是不是北欧所有少女都是这样。

可惜,我一直不敢越过雷池,小叶子就像刻在我脑海的一幅幅图画,只会在我的性幻想中循环播放,仅此而已。所以,当她突然叫我过去、说一切随我时,我便丢下了手头的一切。

十三号街的13号,一栋白色的建筑物,很容易找,我看到三楼蓝色的窗帘,和小叶子描述的一样漂亮,天气很冷,她是不是已经沐浴更衣,躺在那张希腊风格的象牙床上,门没锁,只等着我进去?我越想越冲动,忍不住加快脚步。

命运就是这么捉弄人,在楼梯拐角处,一个小男孩拿着一架玩具飞机直撞在我身上,他连声说对不起,我却不知所措,摆了摆手,假装轻松地上楼了。

虽然小叶子没有我想象中的那样一丝不挂,但她袒露的背脊和傲然的胸部在我面前晃动时,所发出的信号还是很明显,想做什么就做吧,没有人会反对。

但是,过了两个钟头,我还是不厌其烦地陪她喝红酒,哪怕她的腿在我腿上轻轻碰了一下,我也还是很正经地聊着北欧风情,丝毫没有非礼之举。

为了不让自己太尴尬,我借口还要去见个朋友,说完便出门,但小叶子突然从背后死死抱住我,一点也没有松手的意思。我万般无奈,只能转过身,无奈地对她说,我不希望感情只发生在一个晚上,人生需要美好的回忆。

离开十三号街,我一个人去了附近的公园,希望一个夜晚能缓解下体的疼痛,真没想到那架玩具飞机杀伤力这么大,就那么一撞,竟让我这么久还恢复不了元气,白白错过了小叶子火热的激情。

当然,我并不打算就此放弃,为了不让小叶子怀疑,特意熬到第二天傍晚,买了一束鲜艳的白玫瑰后再次奔向她的家门。

果不其然,小叶子满脸欢快,但已经不像昨天那样流光溢彩,礼貌的样子让我反而拘谨,几杯红酒下去,我思虑着是否要来点暗示,却没想到小叶子先开口了,你是真正的绅士,昨晚我很感动,我想,我现在已是另外一个人,因为你的一句话,我决定从头再来。

小叶子很坦白,她是性泛滥者,还吸毒,她一直在麻醉自己,之所以叫我,只是这个冬天的一个再平常不过的召唤,本以为这是不可能的,没想到我真从千里之外赶来了。说到这里,她笑了笑,跟我碰杯,说对不起,但并不后悔,因为我让她突然醒悟,自己需要什么爱情,什么人生。

我们一直聊到很晚,小叶子醉了,轻轻趴在我怀里,我知道,因为一个误会,我赢得了一份真正的爱情,此刻,我可以做自己想做的一切,和怀里的这位少女。

但我不能,因为我很清楚,自己是艾滋病患者,如果因为传染而让少女再次陷入万丈深渊,自己将会后悔一辈子,我只能悄悄离开,不让少女的梦破碎。

慢热

第一次遇见小米的时候,还没聊上几句话,她便向我推荐了好几首歌,出于礼貌,我非常认真地把那些歌名记在笔记本里,还一连兴奋地说了好几声谢谢,其实心里根本就没把这当回事,我跟她很熟吗?真是,像她们90后喜欢的小调调,谁要去当真,谁就是大傻瓜。

第二次遇见小米的时候,我正沉醉在张学友的《相思风雨中》,没想到耳线硬是被她活生生地扯下来,让我大是窝火,这小师妹真是不懂事,大庭广众之下拉拉扯扯,果然是90后,什么都不懂。可人家才不管什么张学友,开口便是陈绮贞,简直就像审问犯人,喂,师兄,陈绮贞的歌好听吗?

陈绮贞是谁?哪里人?会唱歌吗?我真想告诉她,没有谁能超越学友和华仔在我心中的地位，任何所谓90后追捧的所谓乐坛传奇都是浮云，神马都不是。可是，看着小米天真的眼神，我还是把心里的话重新吞进了肚子，假装万分遗憾地告诉她，哎呀，上次那笔记本不知被谁拿了，那歌还没听呢！

于是，小米再次热情地把陈绮贞还有诸如徐佳莹、林宥嘉、萧敬腾之类从未听过的名字写在纸上，郑重其事地塞在我的手上。

看着小米飞去的身影，我忍不住一阵叹息，可惜比我小了整整七岁，要不然——不说也罢，还是先听听她推荐的歌吧，否则下次人家再问起，自己就真的要丢脸了。

第三次见小米，是她主动约我出去的，而且，还是情人节那天。看着小米在我面前大谈陈绮贞歌词的歌声如何美妙、徐佳莹的歌词如何击彻心扉，苏打绿又是如何让人喜欢——我原本闷了一肚子关于批判如今流行音乐如何空洞、90后对音乐是否已失去知觉、世上再无四大天王的评判再次被我闷死在肚子里，大过节的，千万不要扫了人家的兴。

我不知道是不是自己礼貌的配合引起了误会，第三次，仅仅是第三次见面，在回宿舍的路上，小米说，可不可以做我女朋友。我疯了。

其实小米要脸蛋有脸蛋，要身材有身材，甚至还是名副其实的娶了她可以少奋斗二十年的范儿，可是，她太直接了，就算喜欢,也要慢慢来嘛,这么快,谁知道她是不是只是心血来潮和我玩玩,如果真是这样,对不起,大叔我玩不起。

那天晚上,我反复听了陈绮贞的《雨天的尾巴》《旅行的意义》《距离》《华丽的冒险》……我想在其中找到哪怕一丝自己想要的感觉,可是,当凌晨的钟声绕过宿舍楼,我发现,自己只能逃跑,远远地离开小米。

小米最后对我说的话是一条短信:我会等你。我想,她可能还小,以后会懂的,作为一个典型的80后,说话算话,不找她,我便真的没有再找她。小米就像一个音符,她仅仅是飘过,不留痕迹。

不过,虽然小米不再找我,但她介绍的那些存在我音乐盒里的歌却并未随之删除,相反,在夜深人静的时候,我还会蛮有情致地点开它,一首一首地听,不带任何目的。

对于我和小米之间的事,我自己都觉得自己很无耻,因为在时隔整整一个学期后,我突然发现,原来陈绮贞她们的歌真的很好听,"不愿放开手,不愿让你走","慢慢退却的爱在慢慢浮出水面",为什么之前从没发现这些动彻心扉的歌词,为什么?我忍不住把自己的感觉告诉小米。

小米对我说,哈哈,师兄终于开窍了,好吧,再给你推荐几首我喜欢的,于是,我爱上了小米推荐的歌,顺带还爱上了小米。

然而,当我满怀憧憬地找到小米,却看见她正依偎在另一个男生的怀里,完全忘记曾经说过的等待。90后毕竟不是80后,她的想法我不能理解,我的行为在她看来肯定也觉得很好笑。失魂落魄的我回到宿舍,打开音乐盒,义无反顾地选择张学友,相思风雨中,还是老歌了解我。

很多天以后,当我终于厌倦张学友,而又实在不愿点击陈绮贞,直到随机听到一首名叫《慢热》的歌时,才豁然明白,原来自己是个慢热的人,无论是对一首歌,还是对一个人。

校花

他们都叫她校花,可我知道她真名叫小娜,文学院大一的新生。

我甚至还知道她的身高、体重乃至三围,原因只有一个,我喜欢她,所以关注她。可是,她并不属于我。

其实她不属于任何人,据可靠消息,如今的小娜是单身,且并不拒绝与男生交往,这给了我无比的动力,再怎么说,我也是学校小有名气的才子,拿下她,多少有几分胜算。

小娜读文学,我当然要投其所好,所以,在那个夜深人静的夏夜,我行云流水,把一腔爱慕之情诉于纸笺,再反复打磨,务求在书法与文采上达到最佳境界,我知道,对于小娜这类校花级女孩,第一印象很重要,必须一击即中。

在投信之前,不怕告诉你,连我自己都被这封情书感动得一塌糊涂,其中的引经据典、海誓山盟,如果小娜看了没有一丝感动,我会鄙视她,或者鄙视我自己。

还好,小娜并没有让我失望,当熟悉的号码发来一条短信,我知道,所有一切都在自己计划之中。小娜用词并不含蓄,她邀请我去砚湖散步,说有话要说,这当然是求之不得,砚湖,那是学校公认的情侣集结地。

我马不停蹄,在月和柳梢还有相当一段距离时便已到达目的地,请原谅我迫不及待的样子,要知道,喜欢一个女孩,有时候真的无法控制,更何况人家是校花。

令我意外的是小娜一点都不摆校花的架子,竟然连一分钟都未迟到,这又让我增添了些许好感,心里暗暗高兴,自己没看错人,还是大一的女生清纯!我们省略了很多繁文缛节,小娜,她也非常坦诚,对于爱情根本就不讲究文学上扭扭捏捏的修辞,单刀直入、直奔主题,让我险些有点招架不住。

请不要误会,如果她的爱直奔我而来,即便再直接,我也还是可以一并拿下,本人之所以节节败退,主要原因在于小娜坦诚得有点过分,她说,你文采真的很不错,想请你帮个忙,这当然是义不容辞。然后她话锋一转,竟然叫我帮她写情书,我一下子便懵了。

虽然我几近崩溃,但小娜所说的内容还是基本明白了,大概意思是说,你们学院有位公子哥是市长儿子,我们的小娜很是倾慕,想请大哥代写情书一封,以让校花得偿所愿。结果大家可想而知,我是哑巴吃黄连,答应了这个让我想死的要求。

大家一定会笑我傻,为什么要促成自己喜欢的女孩与另外一个男生的爱情,我想说的是,其实没有人傻,因为在那一刻,我想起了很多东西,在写情书的那个夜晚,我反复琢磨,是否要把自己的名字签上,是否要告诉她,本人乃市长家的少爷,但最终还是只留下一个电话号码,因为我心中有个想法,她才大一,清纯的大一。

我当然不会无聊到再和小娜继续这段无聊的游戏,坦白说,我变了,每当再看到小娜清纯的校花脸,心中涌起的不再是倾慕,而是一种玩玩的心态,绝对与爱情无关。

谢谢你的信任

我怎么也没想到,十年之后会遇见李燕,严格来说,还不算遇见,只是突然收到她的短信,说同在一个城市,有时间聚聚。

尽管只是口头约定，但却足以让我兴奋一整夜，对于李艳，我有太多太多话想说，从某种角度上讲，她是影响我人生走向的一个人，至少在我心里，觉得她占着很重要的位置。

十年之前，我和她是同学，同一个班级，却完全属于不同世界，她美貌动人，更重要的是成绩优秀，在老师眼里，她就像一块玉，一块美玉。而我，嘴笨手拙不说，即便整天趴在教室里，成绩依然是惨不忍睹，要不是后来参加复读班，恐怕连一般的大学都进不去。不过，那毕竟已成历史，如今的我稍有成就，回想过去，总忘不了李燕这个名字。

我对李燕的真正接触并不是在高中时代，而是在高考之后的那个暑假，同学们各有收获，南飞北去的各自考上了或重点或还过得去的大学。李燕虽然发挥不太理想，但毕竟还是比我高出了好几个档次，轻而易举地就进了外省的一个大学。

班长如愿以偿地上了北京，邀请全班同学去他家喝喜酒，我也懵懵懂懂地奔了过去，就是在那天晚上，大家都喝了许多酒，班长向李燕表白，很感人的一段，我记得清清楚楚，李燕的眼睛透着幸福的光芒，不过她并没点头，我想那大概是女孩子的矜持吧！

但后来我却并不这么认为，临睡之前，李燕说要上厕所，因为在农村，很不方便，班长开玩笑说，将就点，去后面的林子里解决好了。我看班长有意当个护花使者，但李燕却突然指着我说，来，在后面帮我看着。

那个晚上，虽然什么也没发生，但李燕对我的信任却让我大为感动，我在床上整整翻滚了一宿，搞得睡在一旁的同学都莫名其妙，甚至安慰我，考不上大学没关系，行行出状元，没什么大不了。

要不是同学提醒我没考上大学，我想自己说不定也会冲动地向李燕表白，当然，这话我至今都没敢跟人说，可如今故人重逢，听说她刚和男朋友分手，我心里又忍不住翻滚起来，李燕，这个我曾经守护过的女孩，如今她对我又是什么样一种感觉。

为了体现自己的细致，我特意把时间安排在周末的晚上，她不用上班，我也比较空闲。在花店里拿了一束鲜艳的玫瑰，在半路又把它送了回去，选了一支最鲜艳的藏在西装的内侧，想着给她一个惊喜，但又不失品位。

十年来，李燕还是那么漂亮，尽管化的妆有点浓，身上的衣服有点少，但我片刻就说服自己，淡妆浓抹总相宜，穿少一点又没犯罪，更何况自己也没资格去要求别人的穿着。

我们的话很枯燥，不咸不淡的，一个多小时过去了，还是谈不到心底去，这让我很尴尬，因为在高中时代，我们也没聊过两次。但我并不打算放弃，我望着她，很诚恳地讲起在班长家的那个夜晚，我想说感谢她的信任，正是她的信任，至今仍鼓励着我向前奋进。可我的话还没说完，李燕却大声打断我说，你别讲了。犹豫了许久,又对我说,非常抱歉,那个时候故意让你出丑,是我的不对,请你原谅。

李燕的话让我想起十年前的那个晚上,当我跟着她屁颠颠地往林子处走,所有同学都在大笑、吹口哨的情景,我一直认为那是大家开心,却没想到原来含有别样的意味。而更让我惭愧的是,李燕竟是故意那么做,而我,完完全全地是个大傻瓜,还妄想着自己喜欢的女孩也有一点点喜欢自己。

李燕还在说她如何地内疚,如今又是如何地欣赏我的成就,声音虽然一如当初那么甜蜜,但我却突然觉得有点变味,坚持坐了一会儿,便结账跟她说再会,当然,我没打算再和她产生什么交集。

回到家里的时候,我重重地叹出一口气,觉得特别疲惫,可当我脱下西装的时候,却突然发现那只鲜艳的玫瑰已经不在,我在心里焦急地祈祷,那支花千万不要掉在自己坐过的地方,如果让李燕看见了,还以为自己对她那个什么。可就在这个时候,我的手机突然收到短信,李燕发来的,只有两句话,她说,你的玫瑰真漂亮,但我知道自己不配。谢谢你的信任,明天我将离开这个城市,重新做人。

寻找一个消失的牌子

我一直在寻找一个牌子,一种洗衣粉的牌子。

它具体叫什么,我也说不出个所以然,但我知道,用它洗过的衣服,会散发出别样的清香。我试遍了市场上所有的新旧品牌,色彩缤纷、方圆长短应有尽有,有浓烈刺激型、也有轻飘易融型,甚至不乏清新淡雅型,现代市场讲究的就是多样化、人性化,可是,它们都不是我要寻找的那种。

我要寻找的牌子,虽然我不知道它叫什么,但我肯定,小晚一定记得,因为四年前,就是因为那种清香,我们在高三冲刺班的自习室相遇、相识,并成了最好的朋友。

那时候,我常对小晚说,喜欢她靠近的感觉,那种清香是淡淡的、朦胧的、若有若无,让人心旷神怡。这个时候,小晚便会笑,一边笑一边放下手里的书,然后轻轻地嗅自己的衣袖,说,你知道我用什么洗衣粉吗? 不告诉你。

小晚总是那么调皮,让人有种抓不住的感觉,但这种感觉却是无限的美好,里面透着一种说不出的纯粹,就像她身上散发出的清香,简单,却让我久久不能忘怀。我一直在等,等着有一天，能够在她面前说出自己的心里话。

如果不是那年高考小晚失利，我想，如今的她，一定是我的女朋友。可惜，到最后，竟连一声道别都来不及说，她便随着大流去了南方一个城市打工，跟着消失的，还有那种淡淡的清香。而我，依旧选择了当初与她约定的那所大学。

没有小晚的大学，说实话，没什么不同，我也没太多时间去刻意思念什么，况且大学里有太多东西可以关注，比如说，大家都关注女生，我也不例外。但他们看的是脸蛋、美腿、三围，甚至她们的包、她们的车，而我，我只在乎她们散发的味道，是不是那种淡淡的清香，很可惜，大学的女生似乎都已被各种诱人的香水收买。清纯、干净、透明，这些品质似乎离我们越来越遥远。

但我并未放弃，四年来，心里始终相信，会有一天，那种清香将突然出现，于万千名贵香水味中脱颖而出，钻进我的鼻子，占据我的心灵。

可以说，我在寻找，又或许是等待，但绝不是放弃。如今，那个消失的牌子，已不仅仅是一个牌子的重量。

即将毕业的最后几天，高中的同学给我带来了好消息，为纪念大家离开学校踏上工作岗位，暑假将举行校友会，小晚也会参加，我当然不能错过。

那个炎热的夜，在礼堂，我走过去时，小晚正拿起一杯啤酒，看见我，她笑了，依旧那么灿烂，可是，即便那么近，却没散发出那种熟悉的清香,我不甘心,还想和她聊聊,聊聊她的这些年,聊聊那种洗衣粉的牌子,然而,她的低领、她的短裙吸引了太多男生,我变得是那么多余。

那种洗衣粉的牌子到底叫什么,我依旧不知道,或许它早就被市场淘汰,又或许它根本就不存在,但记忆里那种淡淡的清香,在某个时刻依旧会突然出现,隐隐约约、断断续续,扯得心疼、拉得心碎,离开学校之后,也不知它还能坚持多久。

爱走不过轮回

星海麦吧曾做过一个很煽情的活动。七夕节那天,在顺利举行了一场还算是比较大型的K歌大赛之后,主持人郑重其事地宣布——明年这个时候,香港某知名女星将莅临星海麦吧举行一个七夕节演唱会专场。

更浪漫的是,星海麦吧老板决定提前一年预售演唱会的门票。且仅限情侣购买,一人的价格可以获得两个席位。但是,一份情侣券分为男生券和女生券。恋人双方各自保存自己的那张券,等一年之后,两张券合起来才能凑效。在这样一个七夕节,大家一片兴奋,票当然也销售得很快。

主持人继续说，花径不曾缘客扫，只要花在，爱便在，而爱情最重要的便是忠诚，虽说人有悲欢离合，月有阴晴圆缺，但星海麦吧希望所有有情人终成眷属。

星海麦吧搞得这次活动的主题便叫作：爱的轮回。四个大字出现在舞台的背景屏幕上，光彩夺目。梦菲当时就站在台下，因为男朋友去国外学习，忙了一天学生会的工作，便独个儿离开学校，想到星海麦吧来放松一下。主持人的话让梦菲产生一种冲动，虽然男朋友不在，但明年这个时候刚好回来，自己何不留下一点惊喜！

买情侣票的都是成双成对的情侣，梦菲一个人夹杂其中，顿时引来周围异样的目光，可梦菲不在乎，临行前，男友和自己海誓山盟，一年，就一年，一年后两个人将再也不分开。麦吧工作人员看她一个人，坚决不肯卖票给她，说这是活动规则，可梦菲死缠烂打，硬是掏了两倍的钱恳求给一组情侣票，工作人员经不住缠，最后终于答应了她。

爱的轮回。其实也就一年，对于来星海麦吧的大多数情侣来说，很自然的想到一个问题：明年你还爱我吗？当然爱，这太自然不过了，他们信誓旦旦。

可看似很简单、很唯美的句子，实现起来，却被赤裸裸的现实刺得遍体鳞伤。

到了下一个七夕节。大家期待着浪漫的延续。可星海麦吧专设的情侣席位却留下整片整片的空椅子，台上的女星唱的歌曲正是《明年你还爱我吗》，众人都觉得怪怪的，还好，歌手比较聪明，接下来又是一首《把悲伤留给自己》。整个星海麦吧流淌着淡淡的伤感。年年岁岁花相似，岁岁年年人不同。寄言全盛红颜子，应怜半死白头翁。爱情在时间面前竟然如此不堪一击。

这一次梦菲是和男朋友一起来的，她倍感幸福，当初那些异样眼光看着她的情侣，大多数已经好聚好散，反而被认为没人爱的她，如今挽着男朋友端坐在麦吧情侣席，跟着歌声幸福地晃动身子。梦菲以为自己是最幸福的人，自己可以大声地说，明年他还爱我，我也爱他，明年的明年，再明年，永远，我们都会相爱。可当梦菲轻轻靠在男朋友肩膀上时，男朋友突然看着她，静静地冒出一句话：梦菲，我们分手吧。

之后的解释便是一套公式了，不说也罢，麦吧的歌声直击心灵深处，梦菲心里只有一个概念，男朋友爱上了另外一个女人，自己也不例外，没有走出爱的轮回。

去年还山无棱、天地合，才敢与君别；去年还曾经沧海难为水，除却巫山不是云；去年还锦瑟无端五十弦，一弦一柱思华年。可是感情的脆弱没有一点诗情画意。这一秒海誓山盟，下一秒便是天崩地裂。

花谢花飞花满天，再浪漫的恋情都经不起时光的洗涤。四季的变化,终究是赶不上人的变化。不知是哪个失意人在星海麦吧的玻璃门上写了一句话:再多的甜言蜜语,累计起来也敌不过"分手"两个字。

"剩单"夜不孤单

这个圣诞夜,于小薇而言,终于不再是剩单夜。

舍友挽着男朋友出去时,小薇正在看微博,不告而取是偷盗,不宣而吻是偷心。这句话太有意思了,据舍友说,她家那位北方汉子就是忍不住在她嘴唇蜻蜓点水了一下,她便彻底屈服了,不过小薇不大明白,因为她从未尝试。

当然,并不是不想尝试,多少个夜里,梦中都会出现一位王子,身骑白马而来,坐抱自己而去,每每梦醒,小薇都会觉得面红心跳,生怕舍友又说自己少女怀春,追问到底有没有暗恋的对象。

小薇不敢对任何人说,自己喜欢中文系的那个才子,帅得一塌糊涂不说,作为学生会主席,每每做事雷厉风行,不知让多少家野花倾倒,包括小薇在内。

这个圣诞夜,一切都在计划之中,宿舍只有小薇一个人,而在十分钟之后,将变成了两个人的世界,她没有跟任何人讲,自己已与中文系的才子交往一个多月,在 QQ 上,他和她聊得火热,而且,就在前天,才子说要陪小薇过圣诞。

时间是小薇选的,地点是小薇挑的,才子对她百依百顺,听说这个圣诞夜放弃了万红千绿的约会,只为与小薇秉烛夜谈,所以,等舍友一出去,小薇便赶紧整理宿舍,力求酿造浪漫而温馨的气氛。

当远处的钟楼传来悠扬的钟声,门外也响起了敲门声,开门,是他,小薇有点拘谨,有点害羞,仿佛这不是自己的宿舍,稍动一下都觉得不好意思。幸好,才子不愧为才子,三两句话便打破了僵局,他不讲学习,只谈趣事,一个个笑话让小薇花枝乱颤,完全忘记这只是第一次见面。

才子说,圣诞夜,应该喝点红酒,还没等小薇反应过来,便从身后变戏法般拿出一瓶长城干红,动作极其潇洒,小薇没道理拒绝,甚至在两杯下肚后,变得有点渴望,渴望多喝几杯,渴望醉意朦胧的感觉。

小薇心知肚明,舍友今晚不会回来,这个圣诞,在这个房间,她可以做任何事,只要她愿意,尽管她内心极其矛盾,爱情到底是什么,又该做什么,她不敢问别人,更不敢问自己。

情节的转折发生得很突然,与韩剧里那些偶像剧一样的庸俗,小薇起身时觉得头一晕,便被才子扶住,接着便是紧紧搂在怀里，紧紧地贴在一起。

不宣而吻是不是在偷心，小薇无暇考虑这个问题，当才子低下头，慢慢靠近，她不知道该不该拒绝，只能默默地闭上眼睛，迎接可能爱情的突然来袭。

外面传来一阵阵欢呼，那是同学们在进行圣诞夜的最后狂欢，小薇突然有点害怕，最后狂欢，今晚会不会是自己与才子的一夜狂欢，到了明天，就像什么都没发生过一样，这种案例，她不是没听说过。

小薇睁开眼睛，想要结束这样荒谬的举动，却突然发现，不知什么时候，自己已是一丝不挂，才子正温情地看着她，透着无比的爱意。当热吻再次袭来，她只能哀叹一声，罢了，只愿自己没有看错人。小薇屈服了，她不想再做无谓的拒绝，只是嘴里轻轻吐出几个字：我还是处女。

她怎么也没想到，才子突然顿了顿，紧接着，抓过身边的衣服让小薇穿上。两个人尴尬地坐了一会儿，不知该讲什么好，才子默默地打开门，说了声对不起，便转身离去，只剩下小薇一个人，孤单地想着爱情。

魔障

　　故事的关键词再简单不过，嫉妒，我想没有人敢百分百地肯定自己心里从未出现这个魔障，只要是人，只要有对比，心理便或多或少总有那么点不平衡。

　　我和小林子的故事便是从嫉妒开始的，很普通的一件事，学院要招聘学生干部，我们报名，小林子没上，我上了。

　　小林子心里不爽我是明白的，坦白讲，他比我强，尤其是龙飞凤舞的那手书法，宣传部怎么就没看上他，我也觉得很郁闷，在相当一段时间里，我很为小林子不平，这世道，千里马正血气方刚，伯乐却似乎死光了。

　　然而，学校自有学校的生活方式，自从加入学生会，不是我不想像以前那样跟小林子好得穿一条裤子，而是乱七八糟琐碎的事情实在忙不过来。所以，当小林子不经意间说我越来越官样时，我都没有反应过来。

　　与小林子疏远是一件极其自然的事情，听同学说，小林子对学生会很是不屑，认为学生干部就是名副其实的狗腿子。这话挺伤人，但我实在不想解释什么，毕竟，闹僵了对谁都没好处。

嫉妒这东西一旦生根，便注定发芽，然后长成参天大树，让活在其中的人不能自拔。这是我的个人看法，因为有一天，我看见小林子突然有了女朋友，大家都说很漂亮。而小林子更是在我面前表现得特别骄傲，仿佛他的生活才是真正的大学生活一样。

他谈他的恋爱，我做我的工作。小林子和我越来越没共同语言，有时候我甚至会觉得，他带个女生在我面前就是为了炫耀，为了寻找平衡，何必呢这是。可惜，这一切都不是我能扭转的，有时候我甚至会觉得，我和他之间是谁也瞧不起谁。

彻底的决裂发生在非常关键的时刻，四级考，我早早地跑到教学区借教室，等到快开考了才发现忘带身份证，赶紧打电话给小林子，让他顺便捎过来。后面的事我想大家一定猜到了，小林子没带，只顾自己去了考场，害我彻底错过了考试，一年时间算是白费了。

我彻底愤怒了，当晚就和小林子翻了脸，为了打击他，还乘他洗澡偷看了他的QQ，很简单，我要加他女朋友的QQ，破坏他，把她挖过来，好解我心头之恨。

你们还真别不信，凭着我的耐心、细心，再加一点幽默细胞，一下子便与对方打得火热，事情进展非常顺利，不到一个月，人家就答应和我一起去溜冰，然后，我脑海里便出现一幅图，拉着她的手，一不小心便把她搂到了自己怀里。

一切都在我的计划之中,但我没想到故事的转折点会发生的如此突然,太戏剧性了,当我拉着女孩子的手时,竟然发现,小林子也在溜冰场,且刚好溜到我们身边。他一脸惊愕,我一脸茫然,等我反应过来,小林子已溜到远处,留下一句莫名其妙的话,这世界真是太小了。

小林子很颓废,但不是因为我挖了她的女朋友,事实上他们早已分手,身边的女孩告诉我一个惊人的消息,她不是小林子的女朋友,而是老乡。就在上次四级考试那天晚上,小林子告诉她,他和女朋友分手了。

难怪四级考试那天他萎靡不振,原来他并不是故意不帮我带身份证,而是失魂落魄,根本就没心思做任何事情。再后来,我误打误撞地有了女朋友,就是小林子的这个老乡,因为她,我和小林子彻底赶走了心中的魔障。

烟花易冷

我有个女朋友,她的名字叫三三,我爱她。

如果你一定要问有多爱,那么,我告诉你,写这篇日记时,我正在京广线的中央,窗外烟花璀璨,但我更愿埋头想她,记下她的点点滴滴,比喻说,关于周杰伦,正是因为那首《烟花易冷》,我们才走在一起。

我不想长篇累牍地讲述我和她之间有多亲密、有多恩爱,那样会引起公愤、引起骚乱,我要说的故事在后面,而且,故事里不止一个女人,除了三三,还有我的母亲。

一个月前,也就是这个寒假的开端,告别初恋情人,我不知道三三是不是跟我一样有着难舍难分的思念,但我记得,在火车站,自己差点奔回学校。当然,理智告诉我,半年没见母亲了,况且姐姐还在电话里说,母亲身体不太好,意思太明显不过了,母亲想念我,需要我去陪着她,就像孩提时一样。

我一直担心母亲到底怎么了,值得庆幸的是,迎接我的是母亲灿烂的笑脸,还有一桌丰盛的晚餐,看见母亲忙里忙外,心中的石头终于落了下来,我边吃饭边给三三发短信,关于爱、关于情、关于思念,一些琐碎的话,百说不厌、百讲不烦,而母亲,她一直坐在我的身边,时不时给我夹菜,丝毫不在意我的行为。

在家的日子真好,母亲会把一切安排妥当,那段日子,相信大家都能想象得到,我是多么幸福,可我不敢把这种幸福与对三三的感觉相比,我害怕二者发生冲突,而我,肯定不知如何抉择。

其实,我面临的不是抉择,而是直接伤害,很惭愧,受害者是母亲,在学校就跟三三约好了,今年提前回学校,一起过元宵节,一起去珠江看烟花。所以,母亲越好,有些话就越说不出口,可母亲是何等细致，我的那些许愁绪根本就没瞒过她，但她并不知道儿子恋上了一个女孩，还以为我在家里闷得慌，有一天，她突然塞给我一叠零花钱，说，难得回家，去找高中的老同学聚聚吧！

我义无反顾地跟老同学狂欢了几天，而且，在那几天，我终于下定决心告诉母亲，过几天就回学校。那顿饭吃到一半时，我有点支吾，说学校要求学生干部早点回学校工作，母亲的筷子突然一颤，良久后才说，你这孩子，要提前走怎么不早说，你喜欢的烙饼都还没做呢！母亲失望的神情让我内疚，但为了三三，为了那个美好的约定，我终究狠下心来。

去火车站那天，有点雨，我回头招招手，母亲突然蹒跚地走过来，从布包里拿出一叠烙饼塞给我，那是我最爱的烙饼，没想到昨晚母亲通宵烙了出来，母亲眼圈布满血丝，拉着我的手说，你这孩子哪！路上小心。我不忍再看，扭过头，直往前走，因为那一瞬间，我看见母亲脸颊有一丝浊痕，不知是雨，还是泪。

故事到这里，我知道很多人会骂我，骂我不孝、骂我残忍，我承认，但我还要讲下去，尽管我也不愿相信接下来的事实。我兴奋地在学校等三三，一天、两天、三天，直到元宵节那天，她竟然发短信说，不好意思，我真的离不开爸妈，开学再回吧！

我一句话也不想解释，拼命地奔向火车站，那一刻，我心里只想回家，回到母亲身边，告诉她儿子所有的不应该，尽管我知道，有些东西，错过以后就不再回来，但我还是要去做，我相信，无论何时，母亲看到我，都会露出灿烂的笑，她会原谅儿子一切的背叛。

此刻，窗外的烟花很美、很璀璨，可我连一眼都不想看，有些东西再美，也只是瞬间，正如周杰伦那首歌，烟花易冷，难道不是吗？元宵佳节，在这节只有我一人的火车厢，心里头，除了一份越来越强烈的思念，已空无他物。烟花划过窗帘，我告诉自己，不要怨恨任何人，唯一要做的，只需拿起笔，在心里头刻下儿子对母亲的思念。

请苏北北接通服务

看见苏北北的时候，我被她的眼泪惊呆了，要知道，她在公管学院是出了名的一姐，只有她为别人擦眼泪的份儿，自己绝不可能流泪。

可是，光天化日之下，在天桥上，她竟独自趴在桥墩上哭了。我说怎么了，她说没事，只是想起高中时的初恋男友，因为一场车祸去世了。

知道我当时的感觉吗？苏北北，我竟然嫉妒那个因车祸去世的男生，我愿意跟他换，只因你这场突如其来的眼泪和思念。

我找你，本来是想告诉你，听说你报考了研究生，最后一个晚上，我也通宵完成了所有手续，从此要一心向学，等到我们一起去了中大，我再在孙中山的雕塑下向你表白。要知道，我本来是不愿意再继续待在学校的。

可是，只是过了一个冬天，一切却都变了，当我得知自己已经被录取，而你却根本没有参加考试时，那一刻，我只想知道你在哪里。

你终于还是发来了短信，说毕业庆祝一下。那晚，我精心准备了一番，可到了门口，却看见你与师兄靠得很近，尽管没有说什么，但从师兄的眼神中，我看得出他喜欢你，而你也曾说过，师兄是个优秀的男人。

他竟然从深圳赶过来为你庆祝毕业，而我，只能黯然伤神地离开那是非之地，去中大，没了爱情，再也不能失去学业。

听说你最后去了中国移动，做了接线员，这让我想起，你说话时总是那么甜美，曾经一度，我常常拨打10086，不断选择人工服务，可惜，多少次的等待，未能与你一次相逢。我这样做，并不是想打扰你的生活，而是同学告诉我，你与师兄没有在一起。

像你这么优秀的女生，没有师兄，身边也绝对不会少了才俊,这个我明白,一切随缘吧,这就是宿命,我屈服了,直到师兄再次出现。

师兄说,知道吗?北北喜欢的是你。那天,两个男人聊了许久,聊了之后我才知道,其实北北哭泣的原因并不是为了过去,而是因为那个选择考研的男人,她本来以为我是男生,会选择工作,选择创业,所以临时撤掉了报名。她与师兄靠得那么近,谈的不是别人,而是站在门口自以为是的人。

苏北北,听说,在某个黄昏,你曾独自去了中大,在我们约定的那尊雕塑下,看见让你伤心欲绝的一幕。苏北北,其实不是那样子,如果你再走近一点,一定会发现,她是那么地像你,像极了你,可惜,却不是你。

你依旧是那个我熟悉的女强人,我也还是你口中倔强的臭男人,本是水到渠成的爱情,却被我们弄得颠沛流离,苏北北,我错了,如果你能听到,请一定要坚守在自己的岗位,每个黄昏临近的时候,我都会在孙中山的雕塑下,拨打10086,呼叫人工服务,喂,我找苏北北,她是我最爱的人。

爱的反面不是恨

我不知道是我没跟上时代，还是惠子超越了时代的前沿。总之，当她硬是要进那家星巴克，硬要喝那杯听说加了猫屎的饮料，我越来越觉得，惠子好像跟以前不一样了，不仅仅是一杯咖啡的原因，就在五分钟前，她还非要买一条贵到让我吐血的手链，大概是什么都涨了的原因吧。

尽管都还是个穷酸学生，我还是毫不犹豫地决定陪她进去小资一回，但事实证明我最原始的想法是对的，不应该那么草率地进去，因为还没进门，就听见两声尖叫，一声是惠子的，另一声则是李浩的，我们都认识，当初就是因为李浩去了加拿大，我才追到惠子的。

对于和李浩的事情，惠子是直言不讳的，甚至还带有点小骄傲，不时告诉我，当初差点就把初吻给他了，可惜，他去了加拿大，便宜你了。

这话有点伤自尊，不过，当初的惠子属于那种无知少女类型，没什么恶意，所以，我心里还是喜欢她的，只要她愿意，不管付出多大，更何况她就喜欢简单的逛街，每周雷打不动，成了我们爱情的必修课。

但现在李浩竟然回来了，还混得人模狗样的，看见惠子也没个规矩，抱了也就算了，还在人家脸颊亲了一下，我毫不客气地把惠子拉了回来，他却一点也不在乎，说，随便点，今天我请客。

再次等着惠子一起逛街时，惠子回了短信，说要去钓鱼，跟李浩一起去。没想到，一个男人可以让她改变多年来的习惯，我承认，两个人傻傻地闲逛，挤在北京街淘便宜货很寒酸，但每每看到哪家电影院打了半折，一起看一场催人泪下的电影时，惠子总会拿着一大包爆米花对我说，好幸福哦！

我并没有打算强求一个人留在身边，惠子搬走的时候，我什么也没问，她是去了李浩那里，我只是把一个小盒子悄悄塞在她的行李箱，无论如何，我不恨她，因为爱的反面不是恨，而是不再相爱。

那个盒子里放着那条贵到吐血的手链，在过去的岁月里，我满足了她每一个小小的要求，她要走了，我不想因为一条手链让她遗憾。

可是，我怎么也没想到，惠子搬走的第二天，李浩主动约了我，说想跟我谈谈，但其实却根本没谈个正题，倒是他刻意摆动手腕那条项链让我觉得特别羞辱，原来还是条男女通用的项链，惠子竟然送给了他。

我终于还是痛恨起了这个女人，她太过分了，坐在电影院，我想，今晚过后，一切爱将不再，我对着一旁空空的座位想，她终究还是不再愿意看一场打折的电影。然而，当电影快要结束，当我已差不多要放下，惠子竟然来了，拖着一大袋行李，说，对不起，希望我没有错过我们的电影。

多年后，当我和惠子坐在一起，回忆起大学时那段青葱岁月，总会唏嘘不已。聪明的李浩即便偷走了手链，却看不见手链下那两张半价的电影票，不懂真爱的人，终究会被爱情唾弃。惠子说，我给了他一记耳光。我说，打得好。

每一种寂寞都值得原谅

我曾一度信奉，两情若是久长时，绝不在朝朝暮暮，但当丽娜果断地说出分手二字，我终于明白，异地恋不仅仅是两地的隔离，更是两颗心在岁月蹉跎中变得陌生、隔离。

赶往那座小城的时候，丽娜早早地就在火车站接了，这让我又有点感动，环顾了下周围，那个取代我位置的男人没有出现，我问，他呢？

丽娜笑笑，说，先找个地方休息吧，然后，还拉了一下我的衣袖，如果不是那分手二字真真切切地刻在心里，我仿佛又回到了那些爱恋的日子，丽娜是个好女孩，即便她已然背叛，我却没有丝毫怨恨。

在咖啡厅，丽娜说，还是不要见他了，我沉默了一会儿，说，也好，他一定很优秀吧。丽娜还是笑，很迷人的样子，告诉我，各方面都没你好。

我认为，这是慰藉之辞，如果什么都没我好，又怎么会从我手里把爱人抢走。可是，当丽娜习惯地舀起一勺汤给我，那一刻，我知道，她没有骗我，她的每一个动作都一如当初，和我在一起，她并没有刻意去避讳爱的细节。

她说："我就是个脆弱的小女孩，我需要呵护，每天都很害怕空虚和寂寥，你一定会笑话我吧？"那一刻，我真的释然了，一个小女孩独自一人飘荡在一个陌生的城市，自己有什么理由去苛求她在孤独中等自己，她的孤独或许不是我能体会的，她选择一个对自己好的身边人，也并没有对不起谁。

回家后，我打电话给丽娜，忍不住询问她的生活，不知为什么，我依然愿意说一些关心的话，甚至在她生日那天，让花店送去了一束鲜艳的花，那天，丽娜打来电话，聊了许久，最后忽然哭起来，歇斯底里地对我吼，你不要再对我好了，我怕自己又会变心。

后来，再后来，和丽娜的联系越来越少，直至完全断绝，但她在我心里却依然是那么美好，或许，有些爱永远不会消失，只因每一种寂寞都值得原谅。

属于江湖的朱丽叶

我仔细对比过，的确长得很像朱丽叶，难怪大家都叫她朱丽叶，不过，遇见她的时候，我还是直截了当地对她说，其实，你比朱丽叶更妖艳些。她笑了一下，说，我叫聂冰纯。

当时，我很想笑，她怎么会和冰纯联系在一起？要知道，我们说话的地点就在华师的正门，我看见那辆绝尘而去的宝马，大清早的，她肯定是刚刚被人送了回来，所以，昨晚她即便没有混乱不堪，也不会太冰纯。

其实我从来没有想过会和朱丽叶再有交集，虽然在骨子深处，我会有些念头，邪邪的念头，不过，当晨风拂面，我会很快清洗掉她的影子。

可是，谁曾料到，朱丽叶也会加入晨跑的行列，太阳大概是从西边出来了，她竟然还跑到我身边，嗨，帮个忙好吗？

我简直有点鄙视自己，竟然真的去帮朱丽叶系鞋带，还仔细地、认真地打了个蝴蝶结，那一刻，她笑得花枝乱颤，丰满的胸部也随之剧烈波动,我想,自己被征服了,被愚弄了。

但有时候做人就是这么贱,明明知道那不是一盘可以随便吃的菜,却还是想动筷子,而且,急切起来,连筷子也不要了,当那个夜晚,朱丽叶屁颠屁颠来到我宿舍,还没等说什么,我便再也没忍住,抱住她,也不知抓狂了多久,她躺在了床上,我的床上。

省略了所有不必要的礼节,我们就像早有默契的情人一样,一切都那么自然,她甚至还说了一句,要安全些。这一点我当然会注意。

但不安全的事情还是发生了,不过,和我却没有半毛钱关系,爆料,朱丽叶和某位知名人士的事情被记者拍到了,在学校闹得沸沸扬扬,我曾一度猜测,这下死定了,朱丽叶肯定会被开除,不知道她会不会把所有那些风花雪月的事抖出来。

她没有,而且还过得一如既往地潇洒,不仅光明正大地在校园里闲逛,还半夜三更地突然跑到我宿舍,害得舍友仓皇落逃,她倒是一点都不介意,拿着喝了一半的大卡司给我喝,问什么味道,我说,妖精的味道。然后,我们又不顾一切地滚在了一起。

朱丽叶被曝光的事情终究是被学校压下了,听说那事儿是误解,朱丽叶根本就没有去跟那个名人厮混,而是通过正当的谈判,从名人那里拉来了一笔不小的款子,专门为学校的贫困生服务。

这事儿是真的还是假的,众说纷纭,每天都有无数个版本冲击着大家的神经,但我知道,不管朱丽叶是个什么样的女生,但我的心里和心理都已经离不开她了,那天,我抱着她,非常冲动地对朱丽叶说,以后就跟我在一起吧,我希望你,只属于我。

朱丽叶听了,有点惊诧的样子,许久才哈哈大笑,极尽调侃地说,你疯了吗?我不属于任何人,本小姐只属于江湖。但说这话的时候,我看见她那双明眸的大眼睛里流出了两行泪水,异常清澈。

王子,请你不要爱上妖精

每个班级都会有这么一个人吧,成绩特别优秀,做事特别认真,为人特别正直,精力特别旺盛,琴棋书画样样都懂,如果不发生什么意外的话,肯定还是操场上闪耀的一枚运动王子。他的存在,就是要显得你特别地白痴,让你觉得就算骑上一匹千里马也追赶不上。在过去的岁月中,我们的父母曾经常提及,他就是别人家的那个孩子。

现在,别人家的那个孩子长大了,他就是我们中文系二班的神话何天，听说，刚来学校报道的时候，凭着一张帅气的脸蛋，便已被众师姐列入追猎名单，众男生本以为花瓶不可惧，却没想到一个学期下来，何天凭着好好干、使劲干、拼命干，一路过关斩将不仅赢得了大片芳心，还顺利入党，成为学生会的风云人物。

相比之下，我这样的就差远了，从报道第一天就被别人甩下了十万八千里，当初一心想着好好表现，看见一美女提着大包小袋艰难地在校园里行走，便英勇地冲了过去，好心地帮忙，却未曾想到了宿舍楼下，那美女微笑着对我说，谢谢啊，你也是来送孩子的吧，不容易啊。

我确实不容易，本小姐有长得那么有母爱吗？估计就是因为这件事，搞得后来多少青春浪漫的岁月，没有一个男生敢主动向我表现一番，自己也变得特别爱发牢骚，被冠以"唐僧"的称号。

不过，正如当初高考那道我不会的填空题，祸兮，福之所伏，老衲竟然跟何天一个班，更让群情激愤的是，这位小王子对我还不错，除了这里照顾我，便是那里照顾我，害得不知多少美少女在后面骂我大姨妈来着。

不知是哪位大侠曾说过，凡是有王子的地方，便一定有妖精，而灰姑娘则永远是最悲惨的一个，当然，我从未承认自己姓灰，更不叫姑娘，但我却一千一万个认可，小黛是个妖精，她不仅会勾引王子,还在窥视王位。

大概是一些弱肉强食的理论过早地被搬上大学的课题,又或者是马基雅维利的手段说征服了太多的人,总之,在小黛夜以继日地攻击下,何天的眼神告诉我,他快守不住了,一旦丢掉了城堡,便意味着迷失了自己,爱上小黛那样的女人实在是太身不由己了。

鉴于一直以来本小姐备受王子的照顾,我决定为他守护他的城堡,我问,你喜欢什么样的女生?可他却不回答,反守为攻地问我,你那男朋友的雅座不能老空着,知道为什么没人敢坐吗?因为你没有给那个位置定好标准。

后来的许多日子,我都在找机会告诉何天,标准便是成绩特别优秀,做事特别认真,为人特别正直,精力特别旺盛,琴棋书画比老衲更懂那么一点点。然后,趴在他耳边说,好像说的就是你。

怎么会呢?他大声告诉我,本公子好像还不够优秀,差那么一点点。于是,我的表白戛然而止,他的城堡能否守住都不那么重要了,因为即便是灰姑娘,也还是有那么一点少女的矜持的。

看似风平浪静的日子,我不知道妖精正在筹划什么行动,闲着无事还一不小心主动邀请了体育系的某帅哥去打球,结果,当我发现何天竟然也在球场,还一记爆扣打败咱家帅哥时,我肠子都悔青了。

出家人是不会因这点小事觉得丢脸的,而是我看见,妖精竟然在为王子擦汗,她终究是拿下了最后的胜利果实,无数个灰姑娘失败了,我这个白痴大和尚就更不要提了。

关于王子和妖精的故事,在学校一直是热门话题,哪怕到了毕业的最后时刻,他们还在撰写着风云的续集,他们分手了,因为王子虽然十八般武艺样样精通,但本质上却还是个穷二代的屌丝,妖精有着通天的本领,去了御花园,便再也看不上凡间男子。

那天,王子打电话给我,说回老家。我一愣,只答了三个字,祝福你。其实,我心里有很多话想对他说,是的,你是王子,但只要你愿意做一匹白龙马,驮着那个名叫唐僧的姑娘走完岁月沧桑,即便会经历九九八十一难,也一定能修成正果,所有的妖精,都只会死无葬身之地。

第四篇

写给一个女孩的赞美诗

在毕业那天放生

一个女生对于服饰的热爱，我想，绝大多数男生都是无法理解的，就算他是你相知相爱多年的男友，每每涉及女生对一件小东西的细微情感，也总会或多或少弄出点矛盾，让双方都倍感尴尬。

我是一个女生，对此深有体会，尤其是作为大师姐，如今即将离开美好的校园，翻开那一整柜历史的珍藏，突然有种冲动，自己必须说点什么，无论对错，又或者是否有听众。

我可以忽略所有那些曾经风靡一时的吊坠手链，也可以不去理会五颜六色的春衣夏裙，但唯有那双高跟鞋，它虽然已在我的柜子珍藏了四年，但我对她的感觉却是依旧。

你或许会在想，那双高跟鞋是否穿在我身上特别高雅，又或者想，那是我最爱的人送我的礼物。其实都不是，坦白讲，从买下那双鞋子，至今为止，我从未穿过，因为我对它只是喜欢，爱不释手的喜欢，尽管它并不合脚，但当初的我还是固执地把它抱回了宿舍。我这样解释，你大概也就明白，它不是任何人送我的任何所谓的礼物，它只是一个女生一次购买欲望的结晶。

我不记得当初的我是出于什么目的，或许是在等待，等待有一天自己的脚变大点，又或许鞋子在收藏中自动缩小一号。然而，四年的大学生活结束了，鞋子摆在脚下，却似乎显得更不搭衬了。

美好的东西就是这样，它确实被你喜欢、被你迷恋，但又确实被你冷落地收藏在柜子里，渐渐地从一双鞋化作一片记忆，再拿出来时，便成了一种无名的伤怀，让一个女生在愁绪中更添一份失落。

其实也不算什么大不了的事，几分失落有时候在男生眼里也显得有些矫情。不就是毕业、不就是离别、不就是告别一块被称为净土的校园，每个人都有这一天，不管是男生还是女生，不管你要背负多少放不下的珍藏。

我的珍藏的确很多，即便在女生当中，我也算得上是佼佼者，但所有那些曾经爱过的东西，最让我放不下的却并不是那双高跟鞋，如果硬要说出来，我承认，是他，我的初恋男友。

我多么希望在这个时候，他能让我随意带着奔向自己要去的地方，可惜，他说他的梦想在北方，而我，这一生注定要静静地守候在岭南老家。

许多个黄昏，我抱着他泪流满面，我希望、要求、恳请他留在这座属于我们的城市，发誓会对他好，甚至请家人帮他安排一份像样的工作，然而，看着他忧郁的眼神，我知道，苍鹰要飞向远方,任何人都拦不住。

当分手成为一种必然结局,一个女生在羸弱的同时,也必须勇敢担当,母亲告诉我,外面的世界需要亲手涂鸦,不要尚未出门,就已成为败笔。所以,选择一个阳光明媚的下午,我打开了封存已久的柜子,收拾行李,准备新的里程。

他,那个我曾经珍爱的他,就像曾经爱过的那双高跟鞋,我爱它,或者说,因为我的爱,所以它才不幸,它从未扮演过它的角色,就在我的珍藏里结束了它的一生。所以,对于他,我选择放生。

神女来电

本人在校园之声接过无数女生的电话,但还从未见过这么露骨的开场白,请问您是处男吗?尽管我受过专业的咨询服务培训,但仍然被吓了一大跳,这到底是神马情况。

所以,我并没有帅气地挂了电话,而是饶有兴趣地配合了这个女生的游戏,是的,我是处男。

我不知道电话那头是被我的勇敢镇住了,还是正在怀疑这个学校是否果真还有处男,反正过了好几秒,女生才继续她的话题,请问您谈过女朋友吗?谈过,不过已经分手。这女生到底怎么回事,专挑本人的痛处。

请问您对前女友是真心付出吗?这问题越来越像审犯人了,难道是前女友回心转意,特意找人来试探我?要不然怎么会在我值班这个时段咨询这样的话题。

我迟疑了一会儿,很慎重地回答,是的,爱一个女孩,就应该真心付出,无论她以后会不会跟你到永远。

这一次,电话那头的女生终于说了声谢谢,我以为就此打住了,却没想到人家继续问,请问何美美是不是喜欢你?

何美美是谁?我只知道郭美美,陷阱,肯定是陷阱,但我偏不遂了她的意,便故作惊讶,你怎么知道美美?对方呵呵一笑,说,这还用问吗?我看对方笑了,便乘机插话,请问您是?如果她再不作正面回答,我便可以毫不犹豫地挂了电话。

可女生似乎摸透了我的心思,很诚恳地告诉我,她是何美美舍友,是何美美让她转告我,明晚月上柳梢头之时,在砚湖旁见面。

绝对有问题,阴谋,想到这里,我决定将计就计,问她怎么跟美美接头才好。这样以来,女生肯定以为我是个十足的色鬼,她迫不及待地告诉我,到时带一束红玫瑰在湖边,给一个穿旗袍的女孩就对了。

第二天傍晚,在舍友的监视下,我依约把玫瑰递给那个穿旗袍的女孩，紧张地等待着对方耍下一步花招，可惜，结果差点没让我跳湖。女孩非常礼貌地接过玫瑰，然后告诉我，我们在做一个"男人如何对待一个陌生女生的来电"的调查，谢谢您的积极配合。

如果故事仅仅到此，我便完全没必要把这样丢脸的情节讲出来了，其实，我真正想说的在后头。那天晚上，我问女孩，为什么要拨打校电台？这时候，女孩便告诉我，因为我们的调查涉及隐私，很多男生不愿意配合，万般无奈之下才拨打试试，没想到你竟然上钩了。

许多年后的今天，每每想起这件事我依然会忍不住大笑，因为我并不觉得上钩的是自己，自从那次和女孩见面后，我看她声音甜美，又特别喜欢做调查，便利用校园热线帮她完成了她的调查研究。

而她怎么感谢我呢？当然是欣然加入了我们电台，再然后呢，她便和我在一起，成了我的女友。感谢华师的电台，我用它帮助了别人，其实也一直在帮助自己。

同学,您好像我未来的女朋友

同学,您好像我未来的女朋友。

不仅脸蛋美得如我所愿地灿烂花开,就连那耐不住寂寞的腿、凌乱的发型、嘴里嚼着两毛钱一块的口香糖、还有兜里露出的那半包旺旺雪饼和没吃完的心相印果冻都完全在我的想象之中。我只能对自己说,人生总有一两次所谓一见钟情的邂逅,就像我遇见您,完全是因为上辈子一万次的回眸。

为了证实您是否乔装打扮故意引诱我这样的清纯少年,好友纷纷出动情书计划、晚宴阴谋和影院必杀技。令我欣慰的是您不为所动,这说明您是一个传统的人,不爱出风头的人,戒帅戒款脱离小三心态的人。

同学,您好像我未来的女朋友。

就在上个星期,我把您列入重点培养对象,这样的名额在我心里暂时只有您一个,我衷心地希望在一定考察期后,您能顺利地成为我的预备女朋友甚至预备老婆。短时间内有这样的成绩首先要感谢准岳父岳母对您的培养,还要感谢您身边作陪衬的花儿所熏陶的氛围,当然,最重要的还是您自己多年来所做出的努力。

据我打入的内线报道,您是一个集外表美和内心美于一体的女孩;是一个被实践不断证明了的"上得厅堂下得厨房"的同学;是一个能解救我于单身水火之中的女神。我听了兴奋不已,为防节外生枝,我决定主动把自己的优秀暴露,积极向您靠拢。

同学,您好像我未来的女朋友。

要不然,在我们第一次见面,你怎么会善意地提醒我不要在公共场合挖鼻孔、不要乱扔手里的易拉罐以免伤到身边的花花草草,同学,我知道您之所以提出诸多意见完全是因为您对我有浓厚的兴趣,我当然不会对您稍微重了点的口气耿耿于怀,相反,我决定在您的配合下把自己打造得更完美,只要您不怕被别的女孩子嫉妒。

昨天下午,我果断地和宿舍里的同性俗人们划清了界限,并按您的好男人标准断绝了与二锅头的关系,至于抽屉里剩下的半包烟,还有嘴巴时不时冒出的几句粗话,请您再忍一忍,毕竟大家都有个适应过程。

同学,您好像我未来的女朋友。

短短时间内,您提出的百余条建议使我坚定了这样一个信念:一定在您这棵树上吊死。

此刻,我已彻底抛弃了貌胜潘安、学赛伯虎的错误观念,深知在没有老爸叫李刚的背景下神马都是浮云,我只能从头做起,从自身做起，不再让您适应我，而是让自己适应您；您不是我的考察对象，我才是您的考察对象。请您严格按照正式男友乃至居家老公的标准要求我、鞭笞我，让我在挫折中成长，在辱骂中重生。

同学，您好像我未来的女朋友。

一大早您就发短信，说 impossible，这让我很伤心，很绝望，都怪可恶的大塞车，让我昨天接您时迟到了三十秒，请您相信我，这是第一次，也是最后一次，以后再堵车，我直接学刘翔跨车飞跃。

明天就是元旦节了，同学，如果不介意，请收下放在您楼下的那些礼物，总共一百零八项，具体物件就不在此一一赘述，希望您喜欢，谢谢！

复仇进行时

丽莎竟然成了我的师妹，这真是大快人心。当年本人高考两次惨败，她大概是在大学里抵不住那些富二代的诱惑，终于在某个月黑风高的夜晚一条短信敲过来，说对不起，两人不合适，分手。

对不起有个屁用，但人家天高皇帝远的，我也便没辙了。未曾想报应来得这么快，如今我们竟然同时出现在华师，可惜，她是研一，哥却成了研二的师兄了，更重要的是本人乃学生会主席，且看她如何面对。

下马威是一定要给的了，接新生那天，本人亲自出马，非常热情地带着她来了个南辕北辙，本想累她一累，却忘了当年她地理学得特别好，半路便发现不对，瞪了我一眼就独个儿走了。

瞪什么瞪，如今到了本人的地盘，如果不解当年被甩之辱，本帅哥岂不枉作了研究生会的一把手，不过，不怕没有机会，在接下来的两年里，看她往哪里逃。

这不，选拔学生干部那天，她来了，竟然还觊觎宣传部部长的位置，简直是癞蛤蟆想吃天鹅肉，当着众多新生的面，我故意大声说，宣传部在一定程度上对个人形象要求比较严格，比如身高，丽莎师妹太矮了点。

看着她跺脚离开，我心里那个解气啊，叫你移情别恋，叫你甩哥没商量，你既不仁，哥就不义了。所以，在接下来连续三个月的新老生交流中，我使出了浑身解数，处处寻找丽莎的茬子，要不是怕被其他师弟师妹发现我是在公报私仇，她定已被我逼得离开华师，哎，谁叫她得罪我呢？

可是，三个月后，我却突然从天堂跌进了十八层地狱，在那场迎新晚会上，当丽莎跳完一段民族舞，而我正准备喝几声倒彩时，我们院长出现了，他激情昂扬地走上舞台，大声问，同学们，刚才的表演精彩不精彩啊？院长亲自问话，下面的同学当然是齐声叫好了，即便我个人想发出点什么声音，那也没有别人听得到。

我觉得事情有点蹊跷，难道院长非常欣赏她？如果仅仅是这样，我想自己也不会败得一塌涂地。当同学们的掌声过后，院长激情澎湃地说要宣布一个重要消息。然后，然后，然后我便听到这样一个晴天霹雳：丽莎即将担任我们研究生院的辅导员，她为了更好地了解工作，硬是要从基础做起，以一个研一新生的身份去了解你们，关心你们——

为什么当初我没有好好地去调查丽莎的档案呢？如果知道她已经在武汉大学研究生毕业，自己也不至于闹出这么大的笑话，以后我该怎么办，哪位高人救救我吧！

无厘头师妹的战争

故事发生在公元 2012 年第一天的早晨，鉴于良辰美景，校园各路挤满宝马笑侣，本人以读书人要以读书为重作借口，灰溜溜逃亡图书馆，声言闭关三日，不读个偏头痛出来绝不罢休，故事便是从本人第一次偏头开始。

不知是哪家小师妹,在我的眼镜里长得模糊不清,但瓜子却是嗑得楞响,如果不是旁边还坐着一个白净小师弟,本人一定会觉得,原来女孩子嗑瓜子的样子也是那样可爱。可惜,从哲学的角度看,一个人嗑瓜子和两个人嗑瓜子的审美认识绝对不一样,伴随耳边不断响起越来越清脆的节奏,我的头也越发偏激起来。

行动,阻止一切不以读书为目的的图书馆行为,我站起来,但不到一秒钟,又迅速坐了下去。请不要误会,绝不是哥胆怯,更不是哥腿软,而是半路杀出个程咬金,有人先哥一步要打抱不平了。各位看官,欲知细节如何,且听我细细道来。

据我细微观察,斜刺冲出的并不是什么彪形大汉,更没有带上什么杀伤性政策文件,而是一小小师妹赤手空拳轻身飘过,带来一阵迷死人的清香,停靠在那对嗑瓜子情侣身旁。

只见小小师妹天真地指着桌面上仅存的半包瓜子甜甜地问道,师姐,你吃的瓜子好脆,你吃得好香哦!是什么牌子的呀,师姐在哪买的呢?

哥瞬间被雷得外焦里嫩,两眼直冒金星。小小师妹到底意欲何为?稍安勿躁,千万不要皇帝不急太监急,哥早已明察秋毫,瓜子师弟正一脸迷惑地望着小小师妹,不知该不该把刚嗑开的那颗瓜子吞下去,却见小小师妹越发积极起来。

师兄,你好幸福哦,女朋友长得跟瓜子似的,水灵水灵的,我也好喜欢哦,瓜子是你买给师姐的吧?

尽管哥的头偏太久,已经疼得不行,但哥还是坚持要把这场戏看下去,很显然,小师妹绝对不是吃素的,三句话从未离开瓜子,难怪兄弟们常说,伴小小师妹如伴虎,一不小心便会hold不住,伤不起。

哥这样讲是有亲身体验为证的,回到瓜子的问题上,当小小师妹拿起桌上的瓜子不断抚摸,实在不好意思,哥没能忍住,终究是笑出声来,而这一笑,差一点把哥也拉进了嗑瓜子惨案。

瓜子脸师妹大概是没能接上小小师妹的嘴,看我一旁窃笑出声,便大声质问,笑什么笑?现在是放假时间,羡慕嫉妒恨啊?

祸从口出啊,兄弟们,唯小人与小师妹难缠啊,我当然知道这是元旦佳节,但这关图书馆不准嗑瓜子鸟事,望着瓜子脸师妹怒目圆睁急欲转移怒火的气势,我发现,自己一下子便弱爆了,良久才唯唯诺诺地解释,不是的,师妹,我只是觉得你的牙齿好白啊,嗑起瓜子来清脆清脆的。

瓜子脸师妹的动作绝对超过刘翔最佳状态时的速度,还没等我反应过来,便已消失在图书馆的深处,哥自然觉得非常庆幸,要不是源于小小师妹的灵感挑逗,哥们这辈子也绝说不出那么有水平的评价。

不过,这些并不重要,关键的转折点在我和小小师妹关系的下一步发展，由于两人联手打败瓜子情侣，故除了心有灵犀之外，还有种特别的快感，坐下来认识一下是必须的，发展成为一对新新情侣也不是完全不可能的。

如果你们觉得故事到此便算收尾了，那哥们告诉你，错了，大错特错，请记住，校园里的任何一个师妹都是一个传奇，千万不要以为她们好欺负，包括瓜子脸师妹在内。

当我好不容易从小小师妹的无厘头举措中清醒过来，准备好好看一看最新一期《意林》杂志哥有没有中奖时，一声甜死人的"师兄"在耳边响起，小小师妹凑过来问，师兄，能不能帮忙解一下这道数学题呀？一看师兄就知道是研究生了，肯定没问题。

还好，哥的高数向来是强项，虽然已荒废了好几年，但对付一下如今基本脑残的小小师妹肯定是不存在问题的，所以，哥如大师般摇了下脖子，接过书本，仔细一看，憞了。

请不要逼问哥们那到底是一个什么题目，坦白讲，哥没看懂，又是图又是线的，哥只能强作镇定苦思冥想，时不时拿出张纸来涂鸦一番，实际上心里只想着如何以不那么丢人的姿态找个台阶下。不过，大家已经看过小小师妹的伶牙俐齿了，什么叫痛不欲生？能体会到了吧。

然而，山穷水尽疑无路，柳暗花明又一村，哥好像曾在某部大片中听到一句很有哲理的话，尘归尘，土归土，一切都是有因果循环的。因为，瓜子脸师妹没有等到十年后便来报仇了。

当哥和小小师妹叽叽喳喳讨论着这道题目到底该从哪里下手时,背后响起一句石破天惊的禅语,不必纠结,用纳卫尔-斯托可方程一解便开,不清楚的地方可以看看 BSD 猜想。

简直就是神啊,我和小小师妹看着瓜子脸优雅地转身,一句话也说不出来,图书馆真是卧师妹藏小小师妹啊!回头我一定好好研究一下什么是 BSD 猜想,这个千年遗留的数学难题莫非真被瓜子脸师妹解开了?淡定。

那些年,我们班没有女孩

那些年,我们班没有女孩。不仅没有女孩,还全都是猛男。

请不要打听哥们读的是啥专业,以免影响相关大学的招生,如果你实在对纯爷们感兴趣,只要来我们学校,看到一栋楼前悬挂着"真正的勇士敢于正视漂亮的美眉,敢于直面惨淡的单身",便可以欣然入内,与一个又一个传奇会面,如果不小心你还是个女孩,千万要小心被围观。

班上没有女孩的那些年,我们的生活异常单调,所以,一旦有女生出现在我们的世界,哪怕人家只是路过而已,也会立刻被导演成女主角,你还别不信,这种撒网的方式有时候也能捞到小金鱼，紫蕙便是其中最有意思的一条。

紫蕙出现的时间是深夜零点，地点有点尴尬，两栋男生宿舍之间，以我们班为首的工科宿舍大楼在左，右边是文科楼，文质彬彬的基本不是对手，但学校似乎故意安排似的，竟然把体育学院的也插在对面，虽然为数不多，但猛男的形象却丝毫不比咱班差。所谓一条道上不能立两个码头，更何况两栋楼之间就隔那么十几米。

毕竟都是大学生，平日里还相安无事，但一到争夺有限的美女资源时，便把一切风度抛却脑后，谁最男人，谁就是赢家，这是我们班的规矩，更是两栋楼的默契。

紫蕙之所以会被我们发现，是因为她走得很慢，之所以走得很慢，并不是留恋两栋宿舍之间弥漫的男人味，而是崴了脚，痛得直接蹲在地上，欲哭无泪的样子。

我们观察了很久，她只打了一个电话，从说话的口气上看，很明显是男朋友，这个情节曾一度让我们的故事无法再进行下去，但很戏剧的是，十分钟、二十分钟过去了，白马王子并没有出现，而紫蕙也把手机摔在了地上，这种细节很重要，要知道，我们班的猛男都看到了，她高高举起手机，狠狠摔在地上，然后把头一扭，罢了，对那个所谓的男朋友死心了。

那一刻，趴在栏杆上的猛男们都暗自叫了一声爽，但还是很有组织纪律性地只鼓动我们班长帅哥单枪匹马下去，要知道，芳心这种稀有物不喜欢团结，它偏爱英雄主义。

班长到达楼下的时候，紫蕙还是一动不动，这是一种好的征兆，但是，当我们正当欢喜之时，对面杀出了个程咬金，看身材便知道是体育学院的，他和我们班长对视了大概十秒钟，哥们猜测，要不是当时紫蕙抬起头来看着他们，必然已经上演了自由散打赛。

毕竟咱班长是搞测量技术的，逻辑思维非常敏捷，很快便耸了耸肩，指了指蹲在一旁的紫蕙，意思是说，你看，我只是来帮助这位同学的，不想和你有什么冲突。而这句话得潜台词则是，猎物是我先发现的，你先滚蛋，马上。

可惜搞体育的男生头脑简单，完全无法理解咱班长的意图，竟然也耸了耸肩，还先一步靠近紫蕙，没辙，咱班长也只能跟着上去嘘寒问暖。那天晚上，两个猛男就如何送一个女孩回宿舍的问题讨论大概半个小时，但最终却没有达成一致意见，末了还是人家紫蕙提出建设性意见，你们去拿根拐杖给我就行。

两位猛男一愣，还没反应出来拐杖是什么，便听到两旁楼里传来一阵激烈的敲打之声，不到两分钟，便从空中飞下十余根拐杖，那都是兄弟们电脑桌的腿，再往后的许多日子里，如果你看到有宿舍电脑都放在地板上，那他们便一定参与了那晚英雄救美的故事。

那么，故事的结局到底是什么？其实这已经不再重要，我只是想告诉你,那些年,我们班没有女孩,兄弟们干了许多贼浪漫的事。如果你硬要逼着问哥们紫蕙后来到底怎么样了,我只能透露一个细节,有一次听咱班长通电话,一个女孩子说,那晚,你的确很帅。然后咱们班长很高原反应地回了一句,不帅不帅,随便长的。

当 kiss 向你袭来

男生绝不会在吻你之前礼貌地问一句,请问,我可以吻你吗?除非他是一个大笨蛋。所以,聪明的男生要么突然袭击,要么自然过渡,作为女生的你会如何招架呢?试想一下,他跟你关系还不错,介于朋友与恋人之间,某晚你们出去散步,然后,他乘你不注意强吻了你,你会怎么应对呢?参照以下措施,看看自己属于哪类女生吧!

浪漫型女生:轻轻甩开他,跑到一旁的小山坡,等他追过来再问他,头顶那弯月牙儿像什么,他猜不中,你便发短信告诉他,刚刚月亮吻了人家。

传统型女生:泪水直流,无论他怎么哄也不吭声,最后他没辙了,告诉他,晚上的事情一定要负责,明天会叫父母过来,男生必须表态,否则自己宁愿死了算了。

彪悍型女生:以血还血,以牙还牙,谁强吻我,我就强吻他。

直爽型女生:喂,你干嘛吻我?嘴巴那么臭,叫你不要吃大蒜就是不听,拿颗木糖醇给我,听到没有,以后不经我同意不准吻我,真是的!

运动型女生:右脚朝他胯下狠狠一招阴腿,然后急跑一段到前面,等他,然后再急跑一段,再等他,然后再跑——把他累得趴在地下以示惩戒。

开放型女生:死木头,什么都不会,把人家嘴唇都咬破了,楞着干什么?人家好疼呀,死人,别用手碰,看对方不知所措,干脆主动吻过去。

实际型女生:没想到你是这种人,欺负女生算什么啊!怎么?现在道歉,道歉值几个钱,好了好了,到此为止,人家还没吃饭,今天真倒霉,跑了一天没找到一副好耳坠,晚上还——算了,我先回去,不要送我。

纯情型女生:躲得远远滴,脸颊一片红晕,对方追过来,想搂住她,她挣扎着要甩开,但又不好意思,欲罢不能的她好不容易吐出几个字:这可是人家的初吻耶!

多愁善感型女生:爱情总是突然来袭,可是,能确定这是爱情吗?她望着天空紧皱眉头,眼前的这个男人就是梦中的白马王子吗?为什么他手里没有玫瑰,也没有五色祥云,天空似乎要下雨了。

调皮型女生：你这是什么意思？什么？我听不到，再大声点，不行，你得找十个路人告诉他们，说你爱我，不敢？还说爱我，这点牺牲都做不到，以后别找我了。

干部型女生：你要我怎么说你好呢？你考虑到这样做的后果吗？一方面，这对我们的声誉不好，另一方面，我们还小，要以学业为重，你这样冲动要吃亏的。回去好好想想我说的话，总结一下，有什么问题可以问我，当然，你也可以直接找辅导员商量，我相信你的本质是好的。

八卦型女生：动作这么熟练，老实交代吻过多少个女生了，听说你以前追隔壁班的小丽，到处沾花惹草，小心死在石榴裙下，哎，不过说真的，我们学习委员很喜欢你哦，人家很温柔的，不过身材没小丽好就是了——

不解风情型女生：呃，你没事吧？昨天网上说凤姐最近来广州了，还说要在广州征男友呢，要不你也去试试？哦，对了，有没有看到小月月的报道，网上她男朋友相片跟你长得很像耶！

爱情攻略图

华师有校花,最美王小丫。据说学校有百分之九十的男生梦想着成为王小丫的情人,可要想和这位骄傲的公主说上句话都难,妄论其他。

但那次校运会上,王小丫竟然亲密地和我拍了十几张相片,赛场失意的我情场得意,活生生成为最大赢家,搞得走到哪里都有人指指点点说,哟,就是他。那醋意简直熏死人。我的死党阿敏在运动会闭幕后阴阳怪气地问我和校花亲密接触是什么感觉,我如实回答,飘飘然似梦中。

阿敏斜眼冷笑,鄙视说,看你这德性,人家可是出了名的美女,你有没有看过鲜花会自己插在牛粪上吗?你有没有看过癞蛤蟆吃到天鹅肉吗?我哀叹一声说,没办法,一见钟情,大哥我是堕入爱河不能自拔了。阿敏眼睛闪了闪,然后夸张地说:"有本事就去追呀!自信点!"

自信的人不是没有,传说王小丫入学的第一天,学生会主席便亲自前后招呼着提行李,不可谓不殷勤,紧接着又在王小丫楼下弹吉他,声声情歌绕梁半月,据记载,当时王小丫在震耳欲聋的口号中纤纤作细步，走到主席面前说，拿着吧！不愧为校十佳歌手，建议去珠江边献艺，给的人更多。主席当场晕倒在地，因为王小丫指尖夹着一张老人头。

而文学院自称志摩的徐大才子为赢得美人芳心，曾奋笔疾写，每天一封情书，每晚一首情诗，还不分昼夜地把杰作贴在互联网，配上动听的音乐，可谓感人肺腑，此举引得无数MM的掌声和羡慕。但王大校花只是轻描淡写地跟帖留下八个字：肤浅幼稚，自以为是。

华师两大风云男子如此良苦用心都未打动美女芳心，阿敏竟然要我去追，要我自信，简直是天方夜谭。

虽说我未采取什么实质行动，但只要一听到王小丫三个字还是会立即跳起来，按阿敏的话说就是色狼突然发现猎物，两眼绿光闪闪，甚是吓人。

不日我便发展到茶饭不思的境地，阿敏说我整个人都瘦了一圈。为了救我这个死党于水深火热，阿敏建议我采取艺术攻略，画些唯美图蚕食王小丫的心，她强调说："图画是一种含蓄的表达，女孩子大多喜欢有内涵的男人。再说即便不成功，也就几幅画的事，闹不出什么笑话。"

可我的艺术天分实在登不上台面。中学时代暗恋前排的小女生，不惜翻遍各大名家名画，最终在上课时间用心涂了一卡通图递去前排，上面还附情诗一首，自忖能打动对方抱得小女生归了。可前排即刻递回原稿，上面一行铅笔字：两点意见，第一，注意线条要对称。第二，诗画不配，望改进。

就我这种没艺术天分的人还装什么内涵，不侮辱艺术就算不错了。

幸好阿敏是拿过全国书画一等奖的，想到这里，我便死死盯住她，搞得她莫名其妙，脸一红低下了头，我抓住她肩膀使劲摇了几下，差点没跪在地上说，敏，大哥的幸福就全交在你手上了。这一招我是屡试不爽，阿敏在我死皮赖脸之下自然就范。不过她也提了条件，我得帮她买条阿依莲的裙子。那条裙子她已在我面前说过好几遍了。我答应她，王小丫到手之日，便是奉上裙子之时。

阿敏果然不愧为拿过大奖的才女，短短十分钟便将一幅画完成。据她解释说此画属于印象派，我不懂，只觉得那画面是深沉的、那意境是独特的、画的深处还隐隐约约有个心形图，果真是有天分，我几乎要热烈地拥抱一下她。可阿敏一把把我推开说，找你的校花去吧！祝你画到功成！

但我还是把画交到阿敏手里，奸笑一声，好人做到底，大哥觉得还是你代为送去比较合适，阿敏几乎是咬牙切齿的把画接过去，没办法，谁叫咱是死党呢！在等待的那晚，我一直不断地傻笑，据舍友说半夜三更睡着了还听我发出几声诡异的笑。

清晨早早起来，唱着小调路过布告栏，看见一群人围着指指点点。估计又是学校发生什么重大事故了，赶紧跑过去凑个热闹。没错，又是一场悲剧，而且主角竟然是我，那幅印象派图画竟然被贴了出来。殷素素告诫张无忌，越是漂亮的女人越是毒辣。果真不假。

当我被救醒过来时，阿敏正关切地看着我，迷糊中似乎看到她眼睛湿漉漉的，看我睁开眼睛急忙问："没事吧你，怎么就在路上晕倒了呢！"我说，阿敏，你就帮大哥了断了吧，免得出去丢人现眼。阿敏指了指我的额头，说，瞧你这没出息样，不就点小挫折嘛，还自称男子汉呢。我问她，那我还继续？阿敏犹豫一下，说，喜欢就追呗，相信你总有一天会打动她的。

阿敏果然是够义气，隔三差五的就是一份佳作，又是威尼斯画派又是后现代主义，可谓殚精竭虑死而后已。王小丫也不再把我的暗示公之于众了。不过也没传来什么消息，不知王小丫到底有没有一点心动。

阿敏还陪着我趴在草丛偷看王小丫，不幸的是虫子作乱，害的阿敏皮肤过敏，我帮她擦药水，阿敏便说："其实大哥人还不错了，王小丫真不懂得珍惜。"我问她是不是真心话，但她却低头不再回答。

对王小丫的闪电战早已转入持久战，阿敏终于动了军心，说："不画了不画了，画的我手抽筋，送给王小丫的作品都可以开画展了，还是算了吧。"

我说毛主席告诫我们，对付敌人一定要打持久战。然后安慰阿敏，八年抗战都胜利了，再坚持坚持。

可没过几天阿敏又打退堂鼓了，说真的不行了，就算是块冰都应该被融化了，看来人家校花眼光高着，大哥你就别吊死在一棵树上了。

我不依，威胁说还要不要阿依莲的裙子。没想到阿敏气冲冲地回答，谁稀罕！便走了。

看着阿敏生气的样子，我心中暗笑。

阿敏竟然没来上课，听说是病了，我大惊，难道是被自己气的？阿敏舍友气急败坏地找我算账，说我狼心狗肺，平时和阿敏称兄道弟，现在竟然还不去看看。我说不急，本公子一出手，保证药到病除。

当天下午，学校广播真情节目传出爆炸性表白。播音员在念一份稿子：你可知道，我多想把死党改成情侣；你可知道，我多想把友谊变成爱情；你可知道，我多想说出那三个字。可是，我却不敢肯定你的感觉，我想用一种特殊的方式来爱你，没想到真的找到了爱的真谛，阿敏，谢谢你！

我知道听到广播后阿敏一定会走出门来，所以我早就站在那里。等她出现的那一刻，再慢慢把那条阿依莲的裙子放在她手心。阿敏哭了，狠狠地扑在我怀里。

阿敏说有个秘密，告诉我其实那幅画是她贴的。我说我知道,她不信。我便向楼下招了招手,只见有个女孩正对着我喊:表哥,祝福你!

那女孩正是校花王小丫。

爱情墙

女生骨子里是喜欢被人喜欢的,如果男生追得再疯狂些,那就更欢喜了。

当然,不排除有些女生会厌烦,会毫不留情地拒绝,但从骨子里想一下,其实,如果没人喜欢,没人追,会更烦。

所以,当那栋被称为"圣殿"的女生宿舍楼下,黑色的公告栏上出现一行类似颜真卿的书法时,差不多整栋楼都沸腾了。当然,焦点绝不在书法艺术上,而是书写的内容,王茜,我喜欢你。哪怕这几个字写得再丑,那也是一门很美的艺术。

这么赤裸裸的表白到底谁写的呢?没有人知道,但王茜却是被羡煞死了,从她的笑容可以看出,不管这个表白者是谁,他的方式倒是挺让女生欣赏的。

本来,在浪漫的校园里,一次突发性的表白也没什么大不了,喧嚣一阵后,自然会归于平静。但问题是没过几天,黑板上又出现了新的表白宣言,骆琪,我爱你,你愿意嫁给我吗?从字迹上来看,男主角和女主角都变了,女生们再次亢奋,那情景恍如求婚的现场直播。

大概是学校的男生们都挺勇敢,且觉悟不差,隔三差五的,黑板上就会换上一段,女生们则如花朵般在黑板前面讨论,显得特别青春,特别幸福。

只有一个人除外,冯静静特别关注那块黑板的变化,看着一个又一个同学被人喜欢,被不断表白,她心里其实特别希望有一天能够成为女主角,她渴望被人喜欢的感觉。

可是,半个学期过去了,那块黑板上却从未出现她的名字,每每经过,她虽然总是笔直地经过,但眼睛却会紧张地瞟上黑板,看看有没有让自己心动的内容。

没有,每次都没有,冯静静特别失望,有时候,她甚至有点痛恨起那块黑板来,宿舍管理员也不管管,就这么让学生胡闹吗?尤其是某个女生又被表白,大家纷纷起哄时,她简直想过去把黑板劈成两块,该死的好色之徒,她在心里诅咒。

不过,有一天,奇迹竟然发生了,舍友疯狂地喊,静静,你看,有人向你示爱了,然后还非常肉麻地一起读:"冯静静,我喜欢你,无论什么时候,对你的爱都不会改变。"

可是,冯静静听了只是嘴角轻轻那么一撇,甩了一下刘海,便径直走过去了,这一次,她是真的没有看黑板,一眼都没有。

没有人知道为什么，只有冯静静一个人，回到宿舍后，对着镜子，她擦了擦眼泪，对自己说，长得不好看没关系，要别人喜欢自己，首先自己要喜欢自己，冯静静，你一定会找到真爱。

第三段爱情

一

蚱蜢。

我只是好奇地多看了一眼，她便问我，看什么？我说，你手里的蚱蜢很特别。她便笑了，说，来我们星海学院干什么？

我也笑了，说，打球。她甩了一下刘海，便不再理我，这让我觉得很闷，很不服气的感觉，她的眼神告诉我，她不相信我的话，确实，去星海的男生只有一个目标，那就是看美女，我承认，她就是美女。

所以，我没有走，我想告诉她，因为华师的球场全被占了，所以才来星海打球，可是，我还没来得及说，她又抬起头来，举起那只用青草编织的蚱蜢，问我，喜欢吗？

我说喜欢。

她站起来，好像是对我说，以前，他教我的时候，我总是编不好，没想到，他一离开，我便编织得这么完美，真奇怪。

我听不懂她在说什么，寻思着她口中的他到底是谁，却看见她已经走到远处，我喊她，喂了好几声，她却没有丝毫反应，我看了一眼篮球场，竟然是空空的，失望。

不过，在离开的时候，我看见地上有只蚱蜢，显然，是她留下的。

二

盒子。

其实小景送给我的东西很多，几乎每个节日，甚至每个周末，她都会送我这样或那样的一个小礼物，我已经习惯了接受，这个盒子，便是她送给我的礼物之一。

舍友说，人家那么喜欢你，为什么不好好谈谈呢？我知道，舍友的谈谈，就是让我谈恋爱，我也曾想过这个问题，小景长得不差，人又特别好，至少对我很好，她喜欢跟我待在一起，哪怕吃饭也是，她会把餐盘上的肉全部夹到我的盘里，然后，傻傻地笑。

有时候，我也会反抗地告诉她："你看，我都长这么肥了，你别害我了，每次说到这里，她便会极其花痴地说，你那不是胖，是强壮，人家就喜欢结实的感觉。"

我挺为小景感动的，所以，偶尔去内环，跑到中心湖畔，便非常想拉住她的手，抱住她，吻她，然后告诉她，这辈子就喜欢她一个。

可是,我终究是没有那么做,我不知道小景是一种什么样的态度,总之,她的好一如往日,想到这里,我便有种很深、很深的忧伤感,仔细端详了一阵手中的蚱蜢后,便把它轻轻地放在盒子里。

三

食堂。

我也不知道那是不是邂逅,在华师的饭堂,我竟然看见她,那个留下蚱蜢的女孩。她穿着吊带,纯白纯白的,让我有种眩晕感。

小景问我,怎么了?我说没事,然后非常卑鄙地告诉她,我想吃辣椒炒蛋,然后,小景便屁颠屁颠地离开了食堂。

我知道,一时半会儿小景不会回来,辣椒炒蛋只有南区有,每次我想吃,她都会翻过那个小山坡,爬到南区食堂为我打这个菜,她是个很傻、非常傻的女孩。

其实,整个过程中,我的眼睛一直没有离开过吊带,那个星海学院的女生,端着盘子走到最靠墙的那张桌子,一个人显得特别优雅。我走过去,嗨,我说,怎么来这里吃饭啊?她笑了一下,很迷人,我便坐在了她对面。

听同学说,星海的女生特别喜欢来华师的饭堂吃饭,有个社会学的师兄甚至做了一份调查,认为那并不是华师的饭堂好吃,而是女生的一种优越感的寻找,因为到华师来,她们会显得更漂亮。

这个分析似乎挺有道理,但却没有人愿意承认,包括我在内,我说,华师的饭堂好吃吧,她回答,一般。便再也不出声,但我并没有气馁,其实,我并不是想要得到什么,我只是对这个女孩有种感觉,至于是什么感觉,我也说不清。

我站起来,准备离开,或许,我错了。

第九段爱情

一

礼物。

其实,我已经跨出了好几步,但不知为什么,好像有种奇怪的力量把我拉了回去,我说,不好意思,有个小小的请求,希望你能答应。

她迷惑地抬起头,看着我,就像看一个火星来的怪物一样,我便从包里拿出那个盒子,或许你不信,有时候就是这样,虽然不知道为什么,但你却那么做了,就像我把那个盒子放进自己包里一样，直到拿出来那一刻，我才明白，原来原因就是这个女孩。

我把盒子放在桌子上，轻轻打开，拿出那只蚱蜢，说，那天，我看到你编织这只蚱蜢，本来想跟你说，希望能送给我，但没想到你突然走了，还把蚱蜢扔在地上。

"现在，能不能把它送给我？"我对女孩说。

沉默了许久，我的坚持终于让我得到了那只蚱蜢，她说，如果你喜欢，就送给你吧。

然后，我便回到了自己的位置，回到小景身边，她给我打了两份辣椒炒蛋，还一个劲地向我道歉，南区排队太长了，你饿了吧，来，多吃点。

我慢慢地咀嚼鸡蛋的味道，看了一眼靠墙的角落，不知什么时候，她已经走了，我突然觉得很想流泪，小景问我怎么了，我说，好辣。

二

暗恋。

曾经一度，我特别喜欢去星海学院，不是为了打球，只是想在里面走走，可惜，即便我转上千百回，却再也没有看见那个编织蚱蜢的女孩，这让我陷入深深的遗憾之中，我不知道，这算不算单相思，又或者说，暗恋。

有时候实在忍不住了,便会问小景,你有没有曾经暗恋过一个人?这时候,她总是低着头,一句话也不说,我只能摇摇头,算了,什么都不懂,或许,只有她才能与我心心相印,知悉我所思考的一切。

许多个日子,就在那么寻寻觅觅中逝去了,每次走过学校的那座天桥,都会觉得,这么宽阔的鹊桥,却没有真爱在此相逢,这世间所有的爱情,都是这么地残忍。

本来,我以为再也不会遇见她,如果不是她,我肯定已经和小景在一起,跟她去海南她的老家,一起看海,一起在海角,在天涯,开始一段地老天荒的爱情。

可是,离放假还有十三天,那个晚上,迎新晚会上,我做主持,她竟然是特邀嘉宾,那晚我才知道,她叫惠子,惠子的惠,惠子的子,她唱了一首陈绮贞的歌,在她的歌声里,我彻底迷失了自己。

三

追逐。

我开始疯狂地追惠子,每天都会跑到北庭广场去买玫瑰,鲜红的那种,我在纸条上写着,只有天下最红的玫瑰才配得上天使般的你。可是,写了好几次,都觉得不满意,倒是小景,竟然热心地帮我用美工笔写了上去。

但是，我的追逐惨败，她告诉我，还没有从过去的爱情中走出来，请我不要骚扰她，最后，还说了谢谢两个字。

我觉得那是一种侮辱，问小景，那是不是一种侮辱，她也点点头，说，算了吧，大哥，天涯何处无芳草。这一点我同意，无论是星海还是华师，美女到处都是，为什么我要喜欢一个执迷不悟的女生呢？

回到宿舍，我把蚱蜢拿出来，用剪刀狠狠地一剪，蚱蜢的翅膀便断了。

我以为，自己可以同样简单地剪掉对惠子的单相思，可是，我没有成功，不管小景如何劝慰，我只觉得她不是我，她不懂爱一个人是一种什么感觉，更不知道被自己爱的人忽略是一种什么样的伤害。

当我把小景端着的辣椒炒蛋打落在地，她终于夺门而去。

四

爱情。

打死我也不相信，惠子会来我宿舍，穿着那条吊带裙走到我面前，说，如果你真喜欢我，就答应我一件事。我说，一万件也答应。

从11栋宿舍到10栋其实并不远，但我却想了许多许多，惠子告诉我，其实她喜欢的是女孩，一直以来，之所以不愿意跟我解释太多，只是不愿意透露自己是同性恋的秘密。

可是，这也没有什么大不了，即便做不了恋人，我想，自己仍然愿意跟她做朋友，只是，我没想到，惠子的造访，不是因为内疚，而是因为小景，她说，那个叫小景的女孩找到我，让我一定要来看看你，她聊了很久，说了你很多好话。

"但我并不是因为她说的你的那些所谓的优点而来找你，更不是因为我欣赏你，坦白说，自从失恋后，是小景的到来让我重新有了爱的感觉。"

小景答应她，只要她来找我，就愿意和她做朋友，虽然不是恋人，虽然只是两个女生之间关于爱情的一点小交易，但却已经让我羞愧到骨子里，我对不起小景，所以，我必须找到她。

可是，当我不顾一切地推开她的宿舍门，里面却一个人也没有。

五

听说。

许多时候，我还会去星海学院走走，但却再也没有任何去邂逅一个女生的想法，不仅仅是在星海，在华师、在广外，在大学城的任何一个角落都一样，我曾在天桥上发誓，再也不会爱上别人。

小景的舍友说，在很久之前，小景便申请了去英国留学，或许是因为感情的原因,她终于走了,走得很突然,很果断,让我猝不及防,让我后悔莫及。

这是唯一的一次,她没有跟我打招呼的离别,或许,她再也不会跟我打任何招呼,因为她会觉得为一个愚蠢的,不懂珍惜的男人浪费青春是一种屈辱。

她其实什么都知道,只是在很多时候,无论是食堂还是宿舍,她都不愿意揭穿一个自己喜欢的男人的秘密,她给我留了尊严,我却给了她永远的伤害。

一年、两年、三年过去了,校园一如既往地热闹,但我却总是那么寂寥,直到毕业那天,我再也没有去南区吃过饭,因为我害怕看到辣椒炒蛋,我再也没有碰过那个盒子,因为我会为自己剪掉的蚱蜢鄙视自己。

如果,我是说如果,如果小景有一天回来了,我想,自己也没了说爱的勇气。

关于爱情的秘密报告

我听说,凡是与电脑有关的故事,都有无数个续集,尤其是在那个什么门出来后,电脑便变得非常敏感。

尽管我极其不愿意自己的世界被电脑袭击，但事实却不得不让我承认，造化弄人，电脑真是防不胜防。

其实，我是设了密码的，而且，我自问这个世界上除了我，没有人能想到我的密码。可是，问题却偏偏出在密码上。

当然不是有人用了极端高明的技术破解了我的密码，而是，有人主动索要密码，因为对方要使用我的电脑。

你或许会轻描淡写，你就自己输入密码呗，然后看着对方使用电脑，对方不至于当着你的面偷看你的东西吧。

确实，但问题是，当时我在家，可敬可爱的辅导员老师突然说紧急要个方案，已经在我的宿舍，作为学生会主席，我有义务告诉她，方案放在我的电脑的某个盘，某个文件夹里的某个文件夹。老师很满意，但电脑密码是？

挣扎了许久，支吾到无法再支吾后，我不得不说出密码：我爱三三。

电话那头没有丝毫动静，我估计，老师估计是懵了，她怎么会想到，在她眼里严肃认真的学生会主席会这么肆无忌惮，竟然把密码设置成爱情誓言。挂了电话后，估计她会笑半天，竟然暗恋师姐，真是丢脸丢到家了这次。

你们听过《忐忑》吗？我就是怀着那样一种复杂的心情回学校的，一路上非常害怕碰到辅导员老师，万一她说，作为学生会主席，生活上要严肃。那我就完了。

还好，我选在晚上回学校，等摸到宿舍，便迫不及待地打开电脑，偷偷地输入，我爱三三，然后，我要立刻，紧急，马不停蹄地改掉它。可是，电脑提示，您输入的密码有误。

我连续输入了三次，我爱三三，但电脑却毫无动静，很明显，老师生气了，认为我不该暗恋师姐。我尝试着输入，严肃认真、不得暗恋、我错了、学习第一，可惜，电脑纷纷提示，您输入的密码有误。

我实在不愿意在这个时候找老师解释什么，为了不使问题扩大化，我决定主动找三三，向她说明，作为师弟，的确不应该这么轻浮地把爱师姐设为电脑密码，希望她原谅。只要师姐原谅我了，老师便不会再说什么了。

可是，当我好不容易把短信发出去，等到的回信却不是来自师姐，辅导员老师发来一条短信，新密码压在你的电脑桌下。估计是三三收到短信后告诉了老师，事已至此，我还有什么可想，只愿暴风雨早点来袭。

不过，当我从电脑下面摸出那张纸条，却看见上面赫然写着：三三也爱你。

紧张地好不容易才将这几个字打进去，一按 enter 键，告诉你们，密码正确，电脑开了，那一刻，我对辅导员老师有着无比的感激之情，她终究是理解我的，她终究是支持我的爱情，尽管爱的是个师姐。

后来，我从三三那里得知，那天，也就是辅导员打电话问我密码那天，三三随后便接到电话，辅导员让她紧急修改个方案，而那份方案放在我的电脑里。

其实那张纸条不是老师留的，而是三三写的，因为当她知道我的密码后，便毫不犹豫地修改了我的爱情密码。

我就喜欢三三这种性格，我发短信给老师，就两个字，谢谢。老师意味深长地回了一句话，加油吧，老师只能帮你到这了。

了你个去

若干年前我就知道会有这样的结局，如果你点开一个叫"了你个去"的微博，便会发现博主正以一条家常短信在挑衅，"某月某日，大醉而归，伸手一摸——手机和贞操都在，睡觉！"实在是没把我这个男朋友放在眼里。

不过，在我发火之前，出于人道主义原则，出于双方父母对咱俩创造一个小娃娃的无限憧憬，我还是想先讲讲"了你个去"的好，或者说，我与这个无厘头女友那些风花雪月的雷人故事。

说来真是惭愧，和她产生交集的那一刻，在我心里首先出现的并不是你是风儿我是沙，不仅没有八爷遇见若曦那种惊喜，相反，一种刺骨的恨像极了那容嬷嬷的眼神，直弄得我把眼前的一只苍蝇活生生吞了下去。当然，请不要误会，我恨的不是视频里的她，而是她电脑里的拼音输入法，

你见过这么吐血的情景么？一个漂亮的女孩在视频里打来一串字：听说你是华师的鸭？我对这样的开场白表示压力很大，在经过半分钟的思想斗争之后，终于还是理性地没有卸下搜狗拼音，冤有头债有主，弃搜狗而学五笔那样的苦差事还是了你个去吧。

呀呀的，为了不让自己难堪，我迅速转移话题进行反攻，你多大了呀？我看见她在视频里面低下了头，似乎还有点脸红，这让我觉得自己有点过分，无论怎么说，人家女孩子还是不愿意透露自己年龄的，于是，我再次准备转移话题，可惜，你们永远也想不到接下来会发生什么，当我的手指刚刚碰到键盘，她已经回答了：34c。

那一刻，我被雷得简直里外三层都烧焦了，但出于英雄本色，我还是抓着空档情不自禁地扫了一眼她的胸部，从那一眼开始，我想，直接男和奔放女的爱情游戏便正式走向正轨了。

下线之后，我立马便去召集宿舍其他三位生死与共的登徒子兄弟，激情透露，哥最近对奔放的女孩子特别有好感，可能是源于内心那么一点的小燕子情怀，很武侠，很格格，很有Feel，要是视频再这么一闪一闪，她再这么一撩骚，我就真的有点

Hold 不住了。

让我 hold 不住的女孩必定不是凡品,所以,几个兄弟迅速为我量身订做了一套擒拿手,第一招,当然是屡试不爽的浪漫主义。既然了你个去整天泡在微博上,咱就搏她一回,看她到底对咱是个什么态度。

时间:凌晨零点。地点:"了你个去"微博。方式:激将法发帖。那天,我早早地占据了楼主的位置,在兄弟们的围观下,狠狠地发了个表白帖:小妞,为了你不再祸害人间乱搞男女关系,哥哥委屈点收了你吧,从此记得鞍前马后随叫随到,不要挣扎了。

一般的女孩子看到这样的留言通常是不闻不问,这都在我的计划之中,所以,我的那几个兄弟便紧跟着起哄:

一楼:大家冷静一些,都过来,听听 5 楼怎么说?!

二楼:我认为 5 楼说得很有道理。

三楼:5 楼说出了人民群众的心声

四楼:5 楼确实说得很好!

我知道,他们几个正注册无数个账号在骚扰我可爱的"了你个去",真是有点于心不忍,但想想自己往后与小美女的爱情,还是咬了咬牙,不发毒帖,焉得芳心?可是,我错了,彻底错了,我无论如何也无法接受五楼的回答,是的,兄弟们的确成功了,她的确做了计划中的第五楼,可她一点面子都没给,真相如下:

五楼:楼上一群 SB!

兄弟们见情况不妙一哄而散,只留下我一个人荡漾在无边的微博里,所谓爱情,全是坑爹的浮云。可是,"了你个去"到底怎么跟我凑到了一块呢?我想,这正是故事的意义所在。当若干天后,我无意看见网络上传得非常火爆的一条微博时,才知道自己是其中的男主角,五楼的下面已经建了成千上万楼,但几乎下面的每个楼层都在顶五楼有才,而正是这些赤裸裸的顶直接导致了可爱的博主愤愤然修改了五楼回帖:来找我吧,姐不挣扎就是。

了你个去,我的雷人女友还真没有丝毫挣扎,虽然咱双方的父母一直在极力凑合这门亲事,但也不要有这么大的转变嘛,所以,当她拉起哥的手说要去逛北京路时,我整个人都不知道往哪个方向走。

是的,因为"了你个去"的绝世无厘头,我彻底迷失了自己,每天晚上,我都要静静地拉着她的手,坐在床头听她讲与前男友分手的事,没错,她就喜欢将自己的痛苦建立在别人的快乐之上,不信的话,且听哥细细道出原文:"那天,我想和男友开个玩笑,假装从他床底下搜出来一条女士内裤(其实是我的),然后质问他,开始他拒不承认,没想到后来在我的紧逼下,竟然抱着我开始认错。"

对于这样一段精彩的陈述,我只能用悲催二字来加以安抚,无论怎么说,哥连坐车都晕,更别提脚踏两条船了。

我和"了你个去"的雷人爱情就是在这么一部惊险绝伦的悬疑片中摸索发展,有成熟的亲密时刻,但大多时候我总是被烧得外焦里嫩,一句话都说不出来,就像这个时候,人家好好为她准备的生日晚会,她竟然就以这么一条微博进行了掩杀,还被转载了成千上万次,叫我颜面何存,了你个去的,我必须亮出自己的杀手锏了,除了手机,其他的绝不给她留下,请务必为哥们保密。

每一个胖子都有恋爱的权利

那个时候,我并不知道一个肥胖的女生到底有多敏感,当那个女孩怯怯地跑到跟前,说,我喜欢你。那一刻,我懵了,但随之发现是隔壁桌的女生在玩真心话大冒险时,我便毫不留情地回了一句:"一边去,死胖子。"

死胖子便是张亦思,不到一米六的个,站在秤上却让指针转了个大满贯,再次遇见她的时候,我便语重心长的开玩笑:"亦思,减减吧,再减点说不定我就喜欢上你了。"

谁让你喜欢了?本小姐对你没兴趣。张亦思就这性格,丝毫不把众帅哥放在眼里,尽管也没有帅哥真的喜欢她。想到这,我便又有点后悔了,毕竟,女孩子的自尊心那么强,便追了上去,嗨,亦思,上次的事,是我的错。

上次是什么事啊。我怎么不记得?说完便一阵风样走了,这让我对她又增加了些许好感。像张亦思这么聪明的女孩,能够拿下全国英语演讲冠军,成绩能够永远把第二名甩在十万八千里外,怎么会不记得那三个字"死胖子"太伤人了。

因为这三个字,我决定补偿她,所以,在她生日那天,我特意去花店订了一束娇嫩的白玫瑰,送到她的宿舍,还留下一句话,张亦思,你是个优秀的女孩儿。

其实,白玫瑰是代表友情的,我对张亦思并没有什么非分之想,但不知怎么的,当这件事在校园里传的沸沸扬扬时,送花的情节一点都没变,唯独白玫瑰的白字没有了,我给张亦思送玫瑰,校园传说,公管学院的才子竟然去追一个死胖子。

我不准任何人再说张亦思是个死胖子,尽管这三个字的始作俑者是我自己,但当女朋友站在我面前,极其鄙视地对我说,没想到你竟然是这品位,要劈腿也不选一个好点的,我都为你感到羞耻。

那一刻,我连一点解释的想法都消失殆尽了,女朋友离我而去,而张亦思,我也不想再见她,一点红颜的感觉都没有,怎么就成了祸水。

可是,有些事是永远避免不了的,校运会上,在那场几乎没有几个女生愿意参加的八百米赛道上,我竟然看见张亦思的身影,她这么胖,怎么可能跑八百米呢?事实的确如我所料,不到一半,张亦思便倒下了,而且,是我扶着她一步一步离开的。

张亦思是个重感情的人,但我不希望她误解我的感情,之所以扶她,只是因为她就在我身边,作为赛事的组织者,我有责任帮助一个受伤的运动员。可张亦思想太多了,在南苑,她竟然端着一盒饭坐到我身边,说,请你吃鸡腿,谢谢你救了我。

我故意在公开场合说,张亦思那个花痴竟然喜欢我,我怎么会看上她呢?除非回到唐朝,要不然是没人愿意娶她的。

从此,张亦思再也没有找过我,毕业后,更是销声匿迹。直到三年后,从校园 BBS 上看到一张相片,简直让人不敢相信,张亦思原来去了中大读博,而且,瘦了,瘦成了一朵校花,发帖的男生公开表白,而跟帖的师弟师妹则纷纷赞叹师姐才貌双全,师兄勇气可嘉。

我犹豫了许久,果断敲下了祝福二字,轻轻按了一下跟帖键。

马里亚纳海的爱情灯

我曾一度逼问菲菲,你到底喜欢他什么?可惜,在多年的等待中,我没有等到答案,更没有等到菲菲的爱情。

他是我的师兄,美术学院的一个极其平凡的男生,我记得,学校曾疯传一段箴言,上大学的男孩,长得帅有人喜欢,会打球有人喜欢,会弹吉他有人喜欢,成绩好也有人喜欢。总之,只要有那么哪怕一点点闪光的地方,就有女孩子欣赏,就很有可能遇上一段海枯石烂的爱情。

可是,我的这个师兄,正如他的名字,平凡,长得不帅,家里没钱,不会唱歌跳舞,也从不运动,即便他的专业,也并不见得学得多好。

我曾亲眼看见,在学校的高架桥上,他的每一幅画作都需要菲菲帮他填上颜色,菲菲的点缀往往能让他的画焕然一新,有脱胎换骨的功效。这小子是走了桃花运了,竟然俘获了菲菲的芳心,那可是美术系的一枝花啊!

我知道,很多男生想从牛粪上把这枝花抢过来,包括我在内,每每都觉得那是一个男人对一个女人的救赎,可惜,菲菲一点都不领情,她总是说,爱情没有为什么,真诚地走下去便是最美的爱情。

对于菲菲的态度,我当然不能强行做什么,除了遗憾之外,更多的则是想象着等到毕业那天,当这位平凡的师兄找不到工作时,一定会自卑地放弃一切,包括菲菲在内。到那时候,或许自己能够一展长处,告诉菲菲,物竞天择,适者生存,爱情也是一样。

可惜,还没等到毕业,平凡的名字突然在各大专业刊物响起来,还频繁地被本地的电视台报道,平凡的师兄竟然一连串获得十余项国内外美术作品大奖,而那幅《马里亚纳海的爱情灯》更获得业内专家的一致好评,并获得了美国的一项美术大奖。

得知这些消息的时候,我正在打篮球,那一刻,仿佛被人狠狠地一记暴扣,想想自己曾对菲菲说的那些话,便觉得特别丢脸,原来自己才是那个最平凡的男生,最没资格爱菲菲的男生。

学院特意安排平凡师兄为大家开一场美术讲座,我几乎有点不敢去面对,但没想到菲菲发来短信,说,来吧,有些事或许你听了才会明白。

讲台上,拿了大奖,被无数家单位内定的师兄显得格外平静,谈及《马里亚纳海的爱情灯》,他终于把菲菲叫到台上,他说,其实自己是一个色盲患者，一直以来，这些画作都得到了女友的帮助，如果没有菲菲，自己便什么都没有。

原来这就是自己看不懂的爱情，我永远不会忘记那天菲菲的讲话，她告诉所有人，在世界上最深的马里亚纳海深处，海水又深又冷，几乎没有生物存活的条件和可能。可就是在这样的深海里，却有一种安康鱼快乐地活着，生儿育女，一代一代地繁衍。虽然越大的安康鱼越盲，看不到前面的路，但只要有爱情在它们身上发生，它们头上就会生出一盏照亮前路的灯，从而安然地在深海里畅游，如画一般美丽。

第五篇

因为一个女孩的校园往事

志愿者笔记

坦白讲，我之所以会参加亚残志愿者，完全是因为小菲，她一定要去，我也拗不过她，谁叫自己喜欢她呢。

我们的任务是往返体育馆与机场，在大巴上为运动员服务，这工作看似轻松，可时间却耗得特别久，一天下来，两条腿跟铅一样重，简直痛不欲生。

为了不让同事看我笑话，我一直硬撑着，再说，小菲就在身边，她总是面带微笑，热情地来回奔走，我看在眼里更是无比陶醉，自己想要的不正是这种女孩吗？

但是，后来发生的事完全颠覆了我的想法，在最后一趟大巴，小菲竟然在车上找了个位置坐下，一天下来很累，这本无可厚非，可关键是这一趟上了很多运动员，他们有很多站着的，我便给小菲使了个眼色，意思是让她给身边一位盲人让座。然而，小菲却装作没看到我，依旧死死地坐在那里，甚至把头扭向窗外。

当初志愿者培训，多少次强调志愿者责任，没想到小菲这么没有爱心，竟然让一个盲女人站在身边而不为之所动，原来所有的那些微笑、爱心和奉献都是装的，路遥知马力，日久见人心，幸好今天认清了她的真面目。

我从来不会把怒火压抑在心底，所以，我拍了拍小菲的肩，叫她让座。但她却依旧不理，扭动了一下身体，两手紧紧抓着座椅。我正要发火，却没想到旁边的盲女人说话了，她竟然用一口流利的中文对我说："小伙子，谢谢了，让姑娘坐着吧，她需要。"

没想到人家一个盲人会这么大度，小菲这次算是把我们学校的脸丢尽了。她需要，就是累死也不能在这个时候需要。但看着小菲冷漠的表情我又无可奈何，只能闷闷地哼了一声。

大巴终于到达目的地，运动员都陆续下了车，这时候，我看见那位盲女人拿出一包纸巾递给小菲，之后便拉着我和其他志愿者先下车了。

我想，如果不是盲人的一席话，我对小菲的误会这辈子也无法澄清，直到现在，我还非常后悔，为什么自己没有注意到小菲发白的脸色，为什么自己不知道女孩子每个月都会突然遭遇一次拜访，我是真的对不住小菲，或许，我对她的爱真的只是停留在表面。

盲女人离开的时候对我说："眼睛看到的不一定是真实的，真正的爱需要用心去观察，用心去呵护。"没错，想想过去的日子，那些鲜花、那些卡片，还有那些所谓的爱情宣言，都只是为了让眼睛看到一个喧闹的场面，一阵欢笑之后，什么都没有留下。

亚残会尚未结束,但我想自己已得到最重要的东西,但我还会继续自己的志愿者活动,与小菲在一起。我也相信,那位有心的盲女人,她一定能得到自己想要的东西,无论成败。

亚残第一天,谨以此纪念,权当我对小菲的道歉,对盲女人的感谢,希望明天,依旧是个美丽的晴天。

每个人都有属于自己的秘密

坦白说,我是毕业之后才敢说出心里的秘密,高中三年,我一直暗恋刘俊,他是我们班长,长得帅气,成绩更是没得说,幸运的是,我们的大学在同一个城市。

姐妹们鼓励我,去找他,然后表白,大学就应该有一场轰轰烈烈的恋爱。所以,我鼓足勇气来到他宿舍,可刘俊忙得很,又是社团又是科研,桌面摆满了各种书籍,看得我好生惭愧,人家一有志青年,哪有时间跟咱谈什么儿女情长。

不过那趟总算没有白来,我发现,刘俊其实很想找个人说说心里话,而我这个老同学,又是女生,恰好成了他的倾诉对象。

"我舍友很奇怪!"他指了指上铺说,"他刚来就跟我说了一句话,'我有个秘密,等到了合适的时候,我一定会告诉你。'"

"他哪人呀？这么神秘，我早上看他，还长得挺帅的，要不介绍给我呀！"我打趣道。可刘俊摆了摆手，我怀疑他连看都没看我一眼，继续讲："我一直不知道他到底有什么事情，直到有一天，他突然坐在我身边，告诉我，'我以前不是说有个秘密吗，现在告诉你，其实我是同性恋。'"

我心里不由一震，这是我第一次接触同性恋，更可怕的是，早上似乎还用了他递给我的纸巾。我问刘俊怎么办，可他只是笑笑，说没什么，不传染，那同学其实人挺好，也很勇敢，有一次上英语课，老师讲到 man 与 woman 的爱情时，他很坦率地讲了自己的看法，man 和 man 也可以。

刘俊讲话的时候总是很睿智，哪怕讲自己舍友的秘密，他也会很理性地分析自己应该如何处理。我很佩服地看了他一眼，很想告诉他我喜欢他，可话到嘴边，又变了味："相信你一定能处理好身边的一切！"

"不，我没办法处理，所以才跟你说！"没想到刘俊突然变得这么悲观。

"为什么？我觉得你很优秀，其实我一直——很欣赏你，真的！"

"你不懂，我开始也觉得宿舍六个床铺，五个同学，交流空间恰到好处，但我万万没想到——你早上有没有看到他左耳戴着耳钉？"

我点点头,那是同性恋的标志,我一开始怎么就没想到呢!

"关键是我们宿舍还有两个也这样戴着耳钉——"刘俊有点激动。

后面的话不用说我也明白了,五个人,有三个是同性恋,外语系仅有的五个男生原来只是两个而已。刘俊说,那个男生,也就是真正的那个男生,本地人,也悄悄地搬回家住去了。原因大家心知肚明。

看刘俊满脸压抑和痛苦,我怯怯地问:"那你岂不是很危险?那个,他们会不会那个——"

"不会,我们之间都互相尊重,他们三人也各有自己的partner,当然,有时候也会交流一下各自在他们俱乐部的趣闻。"

"哦,那还好,不过还是小心点了,没事,闷了就打我电话,小妹我随叫随到。"

"没这么夸张了!"刘俊又指了指上铺,说,"他曾跟我说,是高考后才有那种想法的,他开始也不信,拼命告诉自己,不是同性恋,绝对不是,但进了大学,还是彻底崩盘了!"

这种情况我以前在网上看过,同性恋分两种,一种是被其他同性恋引诱,另一种则是原始的,到了时候就爆发,刘俊他几个舍友,我不知道该归在哪一类。

我还想讲,门外却传来了脚步声,刘俊使了个颜色,果然,他上铺回来了,仍然很热情,他很有学识,从西班牙足球讲到美国诺贝尔奖得主,头头是道,举手投足之间,要不是早先已打了预防针,我定会曝出花痴的样子。

还好,刘俊拉我出了宿舍,在空旷的校园,他大声吼了几声,像是要吐出什么,不过,接下来的几声干咳告诉我,他吐不出来。我安慰他,没什么大不了,身边有同志很正常,做自己该做的就好了。

刘俊点点头,说会的,然后我们聊了些高中的同学,一顿简单的晚餐后,便分道扬镳了。

后来,我抽空去看刘俊,他果然是个心怀大志之人,一心扑在学习上,比高考时还拼命,我看自己没起什么作用,又怕耽误人家前程,便不再臆想那场轰轰烈烈的爱情了,尤其是大三之后,我和同校一个师兄开始疯狂的热恋,刘俊自然也变得更遥远了。

临近毕业,当我在人才市场处处碰壁,突然想起刘俊,他怎么样了,工作还是考研?我打算给他一个惊喜,便悄悄奔向他宿舍。

大学四年,刘俊似乎变得更成熟了,虽然我夸张地给了他一个拥抱,他也只是笑笑,甚至还轻轻避开,然后平静地告诉我,他已被保送研究生了。难怪这小子一点都不急,原来早有去处,我叫他请客,还要给他介绍女朋友,他却摆了摆手,说待会儿要见导师,下次吧!

我说好，那就不打扰了，然后起身回学校，可刚到门口，刘俊又把我叫住，沉默了一会儿，他跟我说："其实我有个秘密，等到了合适的时候，我一定会告诉你！"

我一愣，觉得这句话似曾相识，可我已来不及多想，道了声再见，便离开了。可更令人震惊的是在校门口，我碰见刘俊的舍友，就是那个左耳戴耳钉的同志，他竟然挽着一个女生向我走来，还潇洒地介绍："这是我女朋友！"

回到学校，我在网上急切地搜索，终于在一篇论文里找到这样一个理论，作者说，调查发现，时下同性恋急剧增多的另一根源来自压力，特别体现在升学工作等方面，其实，这种同性恋还可以恢复——我不想再看下去，只是隐隐觉得心口很疼，我问自己，如果当初关于爱情的臆想能成为轰轰烈烈的现实，又会是什么样子呢！

然而，这一切都只是内心的想法而已，我不会告诉任何人，因为，每个人都有属于自己的秘密。

募捐猛如虎

我向来极其厌恶不着边际的募捐活动，很多时候，募捐者更像抢劫犯,你如果不从口袋里掏出一顿晚餐,就休想抬头离开,所以,在学校流传一句话,募捐猛如虎,确实如此。

当然,这话只能私下说说,没人愿意被冠以铁公鸡之绰号,所以,通常情况下,我们显得很慷慨、很大度,但打心底却视那募捐者为猛虎,做不了打虎英雄,逃跑总可以吧!所以,我们有条不成文的规矩,宁可绕行千米,也绝不与募捐者发生亲密接触。

所谓道高一尺,魔高一丈,募捐者发现在路边等不到馅饼,便放弃守株待兔之策,把募捐箱藏于腋下,开始主动出击,可谓花样百出,招招致命,大有不拿下个千儿八百就不是慈善大使的气势。 我知道大家现在是忍俊不禁,但我得挑明一点,这是一个严肃的话题,我说这话也绝不是胡扯,在学校这片充满爱的净土,此类事故满地皆是。

作为过来人,不怕大家笑话,坦白说,我就是在食堂门口着了道儿,那个曾在篮球场被我盖过一次帽!矮矮胖胖一副天下最老实的样子的家伙正是我们院的水桶,他曾对我们发誓,坚决抵制募捐,实在不得已,也绝不吃窝边草,大家团结一致,共同对外,坚决把募捐活动赶出院门之外,话说得慷慨激昂,群情更是亢奋,我们大家都信他。鉴于此,当他邀请我去参加学校一舞会,又再三强调有美女捧场时,我欣然应约,还答应邀请三五好友一同前往。

你们一定认为我很傻是吧,诸如此类悬羊头卖狗肉之舞会,如果我看不穿，那岂不在这募捐横行之地被搜刮得一干二净！我当然考虑到这一点，所以，出发前便跟朋友特别强调，时刻保持警惕，只要发现势头不妙，立刻打暗号逃离现场。

我怎么也没想到，这次活动的主角竟然真是校花级美女，羞答答走向舞台，手上除了一个话筒，并没有那万恶的募捐箱。万幸，要不是水桶邀请，今晚兄弟几个就错过如此良辰美景，如此佳人相伴了。

然而，我们高兴得太早了，因为校花开口便蹦出几个字——此次募捐——我们犹如晴天霹雳，跳舞之兴致瞬间烟消云散，正打算悄悄开溜，却被水桶一把拉住，他抱歉说，既然来了，看看又何妨，再说，没人监视我们。

很惭愧，我只是想看看那台上的美女才留下来，主持人介绍，她是本次活动慈善大使，今天最受欢迎的人将得到她一个亲吻。这话一出，大厅顿时像热开锅，我暗自庆幸，留下来是本年度做出的最明智选择。

活动方明显学的是西方那一套，所以，大家争先恐后地叫价，从一两块很快上升到三位数，这种疯狂的竞拍让大家失去了一切理智，当我看见连水桶都抛出两百天价之后，终于忍不住大吼一声：二百五。

二百五一次，二百五两次，二百五三次。全场安静，本人成为那场舞会的赢家。

我登上舞台,当校花的吻就要袭来,鬼使神差,我突然避开,只是和她轻轻地拥抱,当我听到两个字:谢谢。便灵机一动,自作聪明充当英雄,指了指台下说,我只是不想让你被那木桶玷污。

悲剧就是这么发生的,当校花礼貌地对我说,你认识木桶呀,他是我男朋友。这话犹如一盆冷水,我瞬间清醒,可惜已经太迟,本人已经成为名副其实的二百五,如假包换。如今忍辱负重把此事讲出来,不为别的,只是不希望后来者步我后尘,募捐不仅如虎,更狡如狸呀!

生命中的五只老鼠

当班上的学生告诉我他们号称五鼠时,我忍不住眉头紧皱,自己是实习班主任,可不愿当什么御猫。

然而,是祸终究没有躲过,开学不久我便发觉,他们老是早退,而且还很会选时间玩耍,总是在阳光明媚的午后悄悄地离开学校,完全不把我这个实习班主任放在眼里。

我私底下问同僚才知道,他们都住在老石街,更可恨的是,五个学生有一个是女孩子,疯疯癫癫的很不像话。同僚看我郁闷,又安慰我道:"都破罐子破摔了,不要太在意。"这话什么意思,查了档案才明白,在这个繁华大都市,他们五个家庭都是五保户,父母常年在外奔波摆摊,俗称"走鬼",是不可能有时间管教孩子的。

大概因为有共同的环境,所以逃起课来也格外一致,让我伤透脑筋。但我并不打算放弃,又一个明媚的下午,守在校门口的我紧随五鼠之后,打算看看他们究竟搞什么名堂,结果大失所望,老鼠根本没有像我想象中的那样奔向网吧,抑或游戏厅等娱乐场所,而是直奔老石街,各自回了家。

老石街特别阴暗,全身发冷的我只能回到学校,想着如何给他们一点教训,可回到班上,竟然发现五只老鼠已端端正正地坐在自己位置上,这是怎么回事,为什么他们又跑回来了,难道他们发现了我的跟踪?我只能装作什么也不知道,他们太贼了。

第二次我选择了重点袭击,从那个女孩下手,彻底查清楚他们到底在做什么,苍天不负有心人,同样明媚的下午,当我敲开女孩的家门,她只能惊慌失措地看着我。我问她回家干什么,她却支支吾吾,直到我拿开除吓唬她,她才委屈地指了指阳台。

其实那根本算不上什么阳台,就突出墙外的半米窗而已,此刻已挂满了棉被枕头,我一下子明白,老石街周边都是高楼大厦,常年晒不到太阳,唯有午后两点的阳光能偶尔光顾,所以女孩才会在每个明媚的午后直往家奔。

女孩带我到其他四个男孩家，原因也一模一样，甚至稍大的男孩还负责把坐在轮椅上的邻居推到阳台。我心里一酸，一句话也说不出来，这哪里是什么逃课，他们对温暖的执着追求只能让我自惭形秽。

实习一个月，我再也没批评五鼠，甚至还发动学生为他们搞了一个小型捐助，当然，那只是杯水车薪，无论如何也改变不了他们蜗居阴暗的命运，我只能默默祈祷他们的父母能在外头有好点收益。

回到自己学校，我把所见所闻变成了校报上的铅字，没想到一文激起千层浪，学校师生纷纷解囊为五鼠送暖，不到一个星期便募捐了万余善款。

一个月后，我怀着激动的心情去找他们，但熟悉的教室里却没了他们的踪影，班上的学生说他们退学了，不知去向。

我急忙奔赴他们家，还特意在超市买了五个笔记本，封面是温暖的太阳，然而，赶到老街，只闻一片轰隆隆的响声，那条阴暗的老房子不知何时已被推倒，街头四处打着阳光新城的标语。

拆迁，在轰轰烈烈的拆迁中，五只幼小的老鼠只能搬家，可是他们搬去了哪里，没有人知道，我揣着一万多元善款，不知何去何从。

寻找唐伯虎

我有个很好的朋友，他会写诗、填词，还会在女生面前放浪不羁地调侃，我记得，很多女生对他印象不好，可他对我说，他活得很快乐。这种快乐深深地影响了我很多年，直到现在，我还会常常想他，可不知何时，他竟突然销声匿迹，书架的唐诗宋词也蒙上了好厚一层灰。

我决定去找他，从他曾读过的诗开始，"桃花坞里桃花庵，桃花庵里桃花仙；桃花仙人种桃树，又摘桃花换酒钱"。我知道，唐伯虎曾经什么都不在乎，可又什么都在乎，他会把自己写的诗送给心爱的女孩，并且当众说出他的爱，可是，他的话听起来是那么轻佻，那么随意，完全与爱情的神圣站在对立面，再加上不修边幅，一副吊儿郎当的样子，结局往往是女孩急匆匆地逃离。

唐伯虎说，她们不了解他。这一点我同意，如今的女孩喜欢骑在白马上的尤物，尽管这个尤物是个假王子，肚子里可能全是垃圾；她们总喜欢甜言蜜语，喜欢虚伪的呵护与关心，却不懂得一份简单的直白是多么真诚。

我很同情唐伯虎，所以我常陪他喝酒，我们边喝边谈那个，还有那个女生又被那个了，然后便是哀叹，到底谁才是爱情面前的傻瓜。

或许，唐伯虎说，这个时代不需要追求诗的男人，年少多金才是生活的真谛。我点头，两个杯子便碰在一起。"酒醒只在花前坐，酒醉还来花下眠；半醒半醉日复日，花落花开年复年"。唐伯虎的诗总会让我有种伤心欲绝的冲动，尤其是在酒精的作用下，常常分不清自己是谁，唐伯虎又是谁。

在同学的眼里，唐伯虎除了自称唐伯虎，其他一无是处，他会和很多女生闹在一起，却没有一个是属于他的唯一，每当七夕来临，他便显得特别孤寂，尽管身边不断演绎着群体的狂欢。不过他也会加入，像疯子一样四处游离，四处高唱，"别人笑我忒疯癫，我笑他人看不穿；不见五陵豪杰墓，无花无酒锄作田"。这些被同学称作打油的诗，只有他自己懂。

大四那年，那是焦虑的一年，我不想离开学校，也害怕尘世的硝烟，所以只能孤注一掷地考研，没了退路的我放弃了太多东西，唐伯虎大概就是在那时渐渐离我远去。如今我要找回他，只是因为，唐伯虎带来的快乐没有任何人可以替代。

桃花净尽杏花空，开落年年约略同；自是节临三月暮，何须人恨五更风？我读遍了唐伯虎的诗，填遍了唐伯虎的词，却始终找不回那种感觉，唐伯虎到底在哪里，世界抛弃了他？生活埋没了他？我有万般想法，却感力不从心。

有时候，我甚至会怀疑唐伯虎到底存不存在，他或许只是一个影子，又或许只是一个符号。可我为什么要拼了命地去找他？我只能不断问自己，十数年寒窗，终点又在何处？那些成绩、爱情，还有导出的一出出舞台剧，到底是演员随心还是上天注定。

想到这里，我便累了，迷糊中，我看到一面巨大的镜子，上面书写了一行行的诗词，诗词里面隐隐约约地有个影子，似唐伯虎般模样。

内疚书

近日梦中常显广州大学某女生惊慌之举，每及此，顿从梦中惊醒，大汗淋漓，心中倍感不安，内疚之情油然而生，今特叙当初事情之经过、稍梳此刻心中之凌乱、翘盼该女生之原谅，但愿本人诚挚之举能消除每夜梦魇。

那日，本人正驰骋球场，刚刚射入一十三分，举球友狂喜之际，俊杰兄屁颠前来，猥琐半刻后，言我院小师妹李丽霞近日返校，有一巨包现存广州大学某处，需三五好汉齐往抬之。本人正在兴头,且尚未报体育科某生盖帽之辱,此刻极不情愿弃甲卸兵,但观俊杰楚楚可怜,满脸期盼,心中不忍。又念及去年末李小师妹曾赠清真面一碗、什么饼数包,遂点头答应。

俊杰见本人点头,顿满脸诡异,一副小人得志模样,悔之晚矣,况好男人说一不二,既答应则不可反悔。篮球场一侧,俊杰大肆渲染李小师妹之包何其重、何其大、内中又何其多美食,恐我两人力不从心,欲再回宿舍召唤一人,或借拖车一辆。那刻我极其心烦,断然拒绝再拖拖拉拉,延误本人回头再战之篮球时光,毅然直奔广大。

辗转反侧,通过近十余次电话,环绕数条小街,聆听某种难懂方言后,方知我等因去之地乃广州大学生活公寓边一公交站。此刻俊杰已是疲惫不堪,生怕再走错方向,遂怂恿问路,以避免脚痛之灾。

那刻,可谓风轻云淡,一轮夕阳从两栋公寓之间折射一片明媚,小路两侧一片青绿,我清楚记得有两只小鸟叽叽喳喳地飞过头顶,地面除了几颗碎石,可谓一尘不染,我们就像两个落魄的流浪汉,陡觉一丝凄凉,夕阳西下,断肠人在天涯。曾经的海誓山盟、曾经的共走天涯,结束了倒也没什么,只是此刻触景生情,我记得第一次和她见面也在这样一条校园小道,她当时说了一句,去年今日此门中,人面桃花相映红。我一时兴起就接了下来,人面不知何处去,桃花依旧笑春风。是啊!可不是吗？如今的她已为人妇，而我，却还独在天涯。桃花还在，风景依旧，但，物是人非啊！没想到当初见面的第一句话，竟然预示着最后的结局。

俊杰再次催我问路之时，我才从恍惚中回到现实。一缕清影漫步而过，根据本人还算不错的目测，当时与此靓影大概相距41公分，本人匆匆而过，而此女亦是目不斜视，高傲的像个公主，携闺中密友（猜测）欣然踏着模特步而过。她，就是她，就是那个让我吓得狂呼的女生，遥记当时，耳中有俊杰催逼之声，眼里有美女过路之影，片刻犹豫，来不及细想，在本人黄金左脚与该女生芊芊右腿平行之际，我猛然回头，叫了一声，哎！

该女或沉醉于某种甜蜜之中，被我转身所带的一阵狂风所袭，秀发顿时飘起，露出一张人间至美的图画，那种美，有着王菲的气质、白冰的清纯、张曼玉的挑拨，那种美，融合了古龙对美女的雕刻、贯通了金庸对美女的细琢，那种美，是让男人们动心的美。那一刻，我记得俊杰打了个冷颤，情不自禁地靠在一旁的树杆，一脸幸福、一脸陶醉的模样。

我不知道自己迟疑了多久，但终究吐出了这辈子最傻的一句话：问你一个问题。问路就问路嘛，怎么会受到本院哲学大师坤哥的影响，没事就蹦出一句：老师，问个问题。真是近墨者黑，我怎么能把这么严肃的学术用语用到一个清新脱俗的女孩身上呢？果不其然，该女生在"嗯嗯"了三声之后，不断后退，我看见，她那双明媚的眼睛内几乎掉下了眼泪，她或许以为我要打劫，以为我要说，哎，问你个问题，身上有没有黄金白玉什么的？又或许以为我要说，哎，问你个问题，有没有男朋友啊？今晚有没有空啊？总之，当时可谓剑拔弩张，我还来不及解释，就发现她已丢下模特步，大跨数步逃奔。我惊呼，哎。那女孩大概清醒过来，独自一人逃奔肯定被我抓住，到时难逃魔掌，想起身旁还有一密友，赶紧躲其身后，露出半张脸偷偷监视我的一举一动。

其友尚算平静，在我问公交站怎么走后，热情地做了答复，我欲感谢，然而一旁的俊杰此刻一副风度公子模样，抢着说了声谢谢。还老大的样子教训本人，你看看，把人家女孩子吓着了，真是。此刻这些我根本就不放在心上，我只关注以后还有没有机会看到这样的美女。在人生旅途中，有很多风景，但能再次欣赏的又有几个呢？遗憾。

李小师妹的包其实不重，完全一个人就可以搞定，我心不在焉地和俊杰把事情搞定之后，一直抱着内疚之情荡漾在华师校内，我想去广大道个歉，但又唯恐再把广大的女生吓着，遂打消此念头。日有所思，夜有所梦，我的这种内疚在梦里转化为一种恐惧，让我连华师校园都不敢乱走，生怕再吓着了本校的美女们。

每日躲在宿舍，遥想着外面的风景却不敢去看，只得作此篇内疚书，聊表愧意！

舍友老李等总结女孩被吓缘由：

1. 本人牛不高，但很马大，非一般女生可接受。
2. 本人出口即俗，问个问题这个伏笔打得太深。
3. 该女生处初恋早期，心中隐藏万分恐惧，一触即发。
4. 广大最近不太平。

……

如广大读者还有进一步独道分析，可跟帖指教，在下感激不尽，对我内疚书有何指点，亦可直言不讳。

谢谢！

校园达人排行榜

第一位：达人之野蛮女友篇

自从偶像派电影《我的野蛮女友》横扫中华大地，不知有多少温柔体贴的女生为之性情大变，开始肆无忌惮地癫狂起来，我要说的女生姓名暂且不提，只说她对男朋友之野蛮程度。据说，其男友生平最恨马克思主义理论课，那日，老教授又开始喋喋不休地讲个不停，其男友赶紧从后门溜之大吉，闲步下楼的他正快乐着,没想到遇到两位上楼的同学,他们说,你女朋友就在楼下呢!马克思在后,女朋友在前,思前想后,还是女朋友更可怕,于是便重新回到了教室。该女友野蛮不见血之气派堪称一绝,故排名达人第一位。

第二位:达人之乱室佳人篇

因为该男生名字里头有个佳字,又其宿舍以乱扬名,故赠其名号"乱室佳人"。有其舍友日记为证:"开学第一天,我就忍不住惊呼:"十八条内裤上吊,何其壮观!"佳同学不忌世俗,坚持一月洗一次衣裤的优良传统,每每倒挂十八条内裤,必使整个宿舍在脏乱差三特色上再添风采,可谓匠心独运。而面对舍友质问,他的回答也颇能自圆其说:"不是我不叠被子,主要是我恋旧,就是喜欢睡前一天睡过的被窝。非逼我把这个生活习惯问题上升到人格修养上来,何苦呢这是。"又考虑到其曾让前来检查卫生的老师眼花缭乱,无形中免却了诸多扣分细节,奉献巨大,榜眼非其莫属。

第三位:达人之精神胜利篇

此位探花得主乃唯一一名自荐者,而其至理名言:自从得了神经病之后,我觉得自己精神多了。这句话已风靡整个校园,而这句话后面的故事,诸位且听我细细道来。据调查,该达人今年大三,来自广西一偏远农村。他跟我们讲:"与其他舍友相比,自己的确是最贫困、最寒酸的一个,说心里话,在过去的两年里,我和舍友之间确实存在着距离感,我也习惯了。但自从马加爵事件后,他们突然对我客客气气,非常关心、尊重我,我实在受不了,我又没病,我也不想躲在门后用锤子敲他们,我只想过正常的生活,但如今却活得这么别扭。幸运的是,我还算正常。"该达人到底正常不正常,与本排名无关,但其超越旁人的实力却不可不提,探花当之无愧。

第四位:达人之电脑时代篇

十三号宿舍,带着一副黑框眼镜外加两片隐形眼镜的 A 同学眯着眼睛告诉我们,电脑实在是太重要了,每个人都必须拥有一台。我们拼命点头,不过,A 同学话锋一转,又说,其实还有比拥有一台电脑更重要的事。我们问是什么,A 同学有点恨铁不成钢地看着我们,良久才叹出三个字:陈冠希。我们恍然大悟,A 同学真乃高人也,不会修电脑,到时也搞出个什么门出来可就溴大了,所以,电脑时代需要会自己动手的人才。看我们诚惶诚恐,A 同学终于露出满意的笑,接着很是神秘地说道:"我昨天捡了一块鼠标垫,想配台电脑,你们说还缺些啥呢?"众人哑口无言,而电脑达人的故事即日便传遍校园每个角落。

第五位:达人之年度无辜篇

名列第五位的达人乃排行榜唯一一位非学生,也是最年长的一位获奖者,他提交的简历是这么描述的:作为学校食堂的主厨,我的压力很大,在老板的吝啬与同学的谩骂之下,我只能尽力把饭菜做好。但是,我还是被解雇了,原因是前几天一新生突然跳楼,发现其遗书竟然写着吃不惯学校的饭菜,所谓祸从天降,家长要报仇,学校要推卸责任,如是,我成了替罪羊。明明是现在的小孩娇生惯养……哎!该老伯可谓飞来横祸,众评委皆生同情之心,考虑到位列前十有一定奖金,故照顾性地把老伯放在第五位,合情合理。

第六位:达人之天真无邪篇

此位得主的故事乃匿名参评,虽然有违此次排行原则,但考虑到人格方面的保护,而该达人故事又实在前卫不俗自成一派,众评委准备把其列入后现代天真无邪之典范,具体内容如下:那日,某女生姗姗来迟,坐在我对面不到一秒钟又是一声惊呼。我很是绅士地询问其有何不妥。该女生看了我一眼,说:"我恐怕要出名了。"此话怎讲,我百思不得其解,便询问缘由。该女生哀怨地对我说:"我发现自己的优盘丢了,四个G的。"虽然该女生没有说明优盘里到底存了什么,但从其推测要出名的话来看，里面内容该是相当不俗。如果日后人家真的因为什么门出了名，而抱怨榜上无名则影响不好，故让其暂居第六位。

第七位：达人之口无遮拦篇

因为该生再三强调，不可透露真实姓名，所以只能称其为某生了，他的达人秀最为短小精悍，竟只因一句话而名声远播，在讲述之前，先请各位大笑两声热热是身，以免讲述后的突然狂笑导致全身肌肉抽筋。是这样的，某日，某生被一好友强拉去看一女生，好友指着远处问，此女长得如何？某生随即回答："猛地一看，不怎么样！"于是，好友又说，那你仔细看看。某生遂仔细瞧了一瞧，很是肯定地回答："仔细一看，还不如猛地一看"。因该女生乃好友正狂恋之对象，某生一句话不慎，导致肋骨直接被好友打断一条，刻骨铭心之痛，榜上不可无名。

第八位：达人之狂人日记篇

2011年1月11日，那个小名黛玉的妹妹，在与我黄昏散步之后，让舍友正式通知我，由于每次出去我步子跨的太大，说我毫不怜香惜玉，已经直接把我拖进黑名单。2011年1月12日，生理是一种天生的距离，感觉再好也徒然。那个医学院的小女生与我谈了半天生理常识之后对我提出十几条建议，但听说我是熊猫血型之后便飞奔而逃，很自然我又被光荣地out了。

2011年1月13日,今天一切表现都不错,可惜我却没能过信仰这一关。因为在那个崇拜耶稣的女生眼里,不信基督是要下地狱的。也不知道日记主人明天还会发出什么感言,但其孜孜不倦的日记精神显然比烟草局长写得清新脱俗多了,为了鼓励众同学,非常有必要予以奖励。

第九位:达人之痴心绝对篇

传闻,我校有一无名师兄,其与一无名师姐两小无猜,从本科到博士一直恋在一起,校野史称此事件为"十年之痒"。当然,这些都没有官方文件的支持,但民间却传得沸沸扬扬,很多初恋情人都以两位师兄师姐为楷模,每每情话之时,男方说:"我一定像无名师兄那样爱你此生不变。"而女生则回答:"无名师姐就是未来我的影子。"由于年代久远,无名师兄姐的事迹多被埋没,他们前期代表本科派初恋达人,后期代表硕士、博士派婚恋达人,影响巨大,意义深远,故作压轴大戏。

第十位:达人之才子风流篇

小徐是学校出了名的才子,曾想跟女友阿英分手,阿英听了就卷起衣袖,临近毕业,阿英气犹未平,愤怒之际对才子又是一顿拳打脚踢。才子以自己的切身体会,创立"新三从四得说":女友出门要跟从,女友的命令要服从,女友说错了要盲从。女友化妆要等得，女友生日要记得，女友打骂要忍得，女友花钱要舍得。"新三从四得说"把怕女友提升到理论的高度，具有里程碑式的意义，可惜此篇太长女生气焰，灭男生威风，故位列榜尾，与野蛮女友遥相呼应。

去香港跟博导谈谈

过五关斩六将，香港科技大学就在眼前，当时的老李特别紧张，他心里已经忍不住在叨念三个字：滑铁卢。那几乎是一场注定败局的战役。

为什么，老李后来告诉我，尽管通过了重重关卡，但最后却还是走到了原点，港科的老教授不知是不是真的像传说中的那样独立自主，竟然跟内地一样，还要来一次最后的面谈。

什么是面谈，我们一致认为，与出身相连，与学术无关。老李简直有点想放弃，但最终还是去了，他的理由是地点在港岛太平洋，他还没去过这么好的酒店。

果然不出所料，老教授对于大家的研究成果只字不问，除了介绍几个特色菜之外，都是他们十来个内地学生在表现，老李觉得很尴尬，他不懂港菜，更不懂洋酒，只能傻笑着坐在那，等着最后的宣判。

饭局近半，终于进入正题，招生科的一位老师提议，大家都给教授敬杯酒吧，来，就从你开始，接着便指着前面一男生说："这位是某某，人民大学毕业。"那男生端起杯子便是一口闷下，大家纷纷叫好，老教授也微笑着点头，轻轻抿了一下酒杯。

接着便是，北京大学、浙江大学、复旦大学、南京大学、中山大学——甚至还有几个曾是美国、英国一些著名大学的交换生。看老教授的表情，感觉都很满意，每次都会轻轻抿一口手中的酒，不愧为教授、博导风范。

那你怎么说的？我问老李，这可是我们的弱项啊！老李沉默了一会儿，告诉我，是的，当时我的确很紧张，当招生科的老师介绍我时也懵了，"这位是李未河，呃——"

我举着酒杯不知如何是好，老教授便问："你是什么大学毕业？"

"我，我还没毕业！"

老教授马上顿了顿身子，要知道，这次招聘的是博士，你研究生还没毕业根本就没资格面试，但当时的老李已经抱着豁出去的心态，他接着说："我就读社会大学，希望通过科大的教育，能帮助我早点毕业！"

这个时候，招生科老师马上补充道："李未河是华南师大在职研究生，十七岁便开始在电力行业工作，参与了国家一百余项重点工程建设,自学获得了高级工程师荣誉,不过按规定,他是华南师范大学今年毕业——"

我当时很激动,老李说,还没等招生老师讲完,便将杯里的酒一干而尽。然后呢?我问,老教授什么反应?老李一下子变得轻松起来,他叫我猜,但还没等我开口,他已经滔滔不绝了,你知道吗?老教授站起来,举着杯子走到我身边,一干而尽,然后说:"我也是十七岁参加工作,我在社会这座大学也还没毕业,我想,我们会有共同的语言。"

什么是共同的语言,从面谈最后的结果看,老教授要了老李,所以,他们共同的语言应该就是共同的研究兴趣,简简单单,但却实实在在,我想,那些来自名校的高材生理当输得心服口服吧。

如今,老李已经在香港科大,他常常会在 EMS 上跟我说,不要在乎国内与国外大学的差距,更不要在乎 211 跟 985 之间的区别,我们只需问自己,知道什么,不知道什么,什么时候能在社会这座大学毕业,什么时候才可以停止学习,当然,这一天永远不会来,有机会的话,你也来跟我们博导谈谈吧。

这个师傅不太狠

学校食堂的师傅们都是经过精心挑选的。据闻,每一位师傅都必须做到为人随和,没有原则;有炒大锅菜经历;服务态度好,顾客冷嘲热讽能忍受;有养猪经验者优先。

李师傅在竞聘中就是凭着养猪十年这一点轻松夺得岗位,在时下连大学生都找不到工作的情况下,竟然谋得学校食堂师傅一职,李师傅突然觉得有种"老当益壮,宁移白首之心;穷且益坚,不坠青云之志"的豪迈感。他决定好好干,他相信自己既然能把猪养好,就一定能把学生们喂饱。

初来咋到,李师傅不敢太锋芒毕露,想着先炒个白菜试试看,架上锅,倒上水,点上火,加点油加点盐,白菜往里一扔,然后就在锅旁候着,经理过来视察工作,点头称道:"第一天上班就能领会学校食堂炒菜的精髓,不错不错。"虽不知这可是李师傅的强项,十年来猪食都是这样来的。李师傅小心挑起一小勺油,正要往大锅里面加,经理慌忙拦住了:"现在的学生流行减肥,你加这么多不是害他们吗……对,对,再少点,再少点。"经理语重心长地说:"干我们这行不容易啊,以后一定要注意,油不能多过这个标准,少是非常好的,但一定要让同学们看得到漂着的油迹。对了,盐绝对不能少加。"李师傅心里打了个冷战,原来自己以前对猪太好了。

站在一大盆菜面前的李师傅正和几个师傅在大声调笑,口沫横飞以致菜盆里的汤溢出了不少。终于有学生要来份白菜,李师傅哗啦就给了他一大瓢,严格说来,应该是一大勺,此学生目瞪口呆,转身飞奔而去。过不久,来了一群学生,争着要买白菜,喧闹中只听见说什么"这肯定是个新手,分量太足了,要卖荤菜就更好了",不过半个小时,李师傅面前的白菜就只剩下半锅,经理过来瞧了瞧,一下子慌了,生气地说:"唉,错啦。来,我给你示范下。"只见又一个满怀憧憬的同学跑过来,经理接过饭盆,舀起半勺白菜,看了看,手狠命地抖了抖,非常具有节奏感和韵律感,白菜在震动中唰唰掉回锅里,半勺只剩下小半勺,倒给了那个学生。李师傅看着这学生委屈地离开,就好像看着自己喂养的猪被拉去宰一样很不是滋味。

半年试用期已到,李师傅竟然没有一次拿到食堂金勺奖,原因是他握勺的手实在不会抖,每一次尝试着像其他师傅那样把菜抖掉一些都觉得自己在发羊癫疯,所以,学生们还是拼命地往他那跑。但李师傅老实,不管经理骂他还是同事嘲笑他,他都一笑了之,甚至工资隔个十天半月不发也照样不闻不问,经理就喜欢支持自己拖欠民工工资的做法,所以就顺便原谅了他不会抖菜这一缺点，过去十年的习惯毕竟一下子改不了，权让这些学生享受一段特殊待遇。

可是，好景不长，经理的容忍度也是有限的，李师傅终于还是被开除了。其实这也不能全怪李师傅，谁叫这学校的女孩子太漂亮呢？一个个花枝招展的，一过来就露出迷人的笑容，李师傅那个高兴啊！一下子就觉得这孩子是自己家正在上学的闺女，一不小心就多打了点菜，顺便还送了碗斋汤。李师傅就因为这个被解雇了，女人祸水，果真如此啊！

学生们都很怀念这位会养猪的李师傅，多方打听，得知李师傅走后又去养猪场工作了，可是，由于在学校食堂训练之后，他养的猪总呈现一种半饥饿状态，且营养严重不良，所以不到半个月又失业了。学生们想集体上书呈请李师傅回到食堂，并保证以后再也没有女生对他笑。毕竟，这个师傅还不算太狠啊！

爸，我有钱

爸，我有钱。

同学们都很热情，他们都很喜欢我从家里带来的腌菜，我告诉他们，这是妈妈亲手做的，您知道吗？有个家里开酒店的同学还说要请教那些菜怎么做的呢！不过我没有说，我不敢告诉他，那些野菜都是拿来喂猪的。

爸，您知道吗？在来学校的路上，我恨你，第一次出远门，我真的很害怕，坐在陌生的火车上，一夜未眠，您知道吗？那一刻我真的想回家，不过，一切都过去了，辅导员发现只有我一个人独身来学校，特别拉着我在食堂吃了顿饭，他对我很好，爸，您一定要告诉妈妈，辅导员要我做学生干部呢！

爸，我有钱。

您放心，我们学校在大城市，但学校的饭菜不贵，您知道吗？白菜里面还有肉丝，免费汤上面有一层漂亮的油星，我的生活很好，比在家里还好，学校又发新校服，过年的时候，我一定穿着回家，您一定要告诉弟妹，叫他们努力学习，也考上大学。

哦，爸，我有钱，真的。没想到学校这么好，竟然还安排我做勤杂工，一个月一百块，都快抵上您半年收入了，所以您放心，不要再为我的生活费到处筹钱，亲戚们都不容易，儿子也不希望您在别人面前低头，爸，我知道，您是个爱面子的人，您放心，儿子不会给您丢脸。

如果您不信，那我告诉您，单单军训我就拿了奖状，您知道吗？在学校，我跑得最快，跳得最远，在军训总结大会上，我被评为"优秀标兵"，呵呵，这都是从小漫山遍野跑脚丫子的功劳！不过，我也有很多不懂，很多同学会弹音乐，他们说叫吉他，还会跳舞,很好看,舍友答应以后教我,如果我会了,就回去给你们表演。

爸,如果您能来就好了,今年亚运会在这里召开,城市建设得很漂亮,同学们已经在预定门票了,我本来也想去的,可惜,连最便宜的票都要几百块,但是,我真的很幸运,辅导员安排我去做亚运志愿者,只要做一些工作,就可以免费观看。您放心,工作非常轻松,一天工作还没您一半长,八个小时,我都有点不好意思。

爸,我有钱。

差点忘了告诉您,八个小时,除了免费观看,还发衣服和补助,我算了一下,等亚运会结束,可以积蓄一千来块呢!爸,大城市真好,待会儿我还要跑去公话亭,我要给高中班主任打电话,要不是她鼓励我,就没有现在的我。

爸,我有钱。

但我很不安,班上有个女孩子,她很漂亮,总喜欢让我跟她讲三国,还要拿我那些蹩脚诗看,其实这也没什么,可是,上个周末,她硬要我请她吃饭,爸,对不起,您知道吗?在外面那些小馆子吃饭很贵,一顿下来要五六十块,所以我那天装病,一个人躲在宿舍都没下楼。不过,我挺后悔的,因为那个女孩竟然提了水果来看我,还给了我一张电影票,搞得我很不好意思。爸,这是我们之间的秘密,您千万不要告诉别人。

路途遥远,也不知道邮递员会不会把这封信送到您手里,爸,如果您看到儿子这一封信,就不要拿着到处给村民看了,儿子只想告诉您,您放心,我有钱。

爸,真希望全家人像我一样幸福!

博士姐

奔三,在现阶段又名八〇后。乃三十年前改革与开放交替之紧要关头所产之物。世称"八〇前叹息之对象、九〇后鄙夷之怪才",上段时间因八〇后代表韩寒戏谑"所有的圈最后都是花圈,所有的坛最后都是祭坛"而发扬光大,在我国古代著名科学家周杰伦的专著中也曾经提到过。其中有这样的句子:"快耍双节棍,吼哈奔兮"。这个"奔兮"的"奔"字,据考证就是我们今天所谓奔三之奔。

奔三并不可怕,可怕的是奔三的女人,女人奔三之焦躁不安尚有可劝慰之说,然女博士奔三之愤懑难熬已上升到学术高度,一般人是无法理解、不可领会的,更谈不上与之分忧解难了。

据本人所居之某大前辈们说,奔三的女博士是不惜牺牲青春响应国家号召的巾帼英雄,那是为国家为人民做出卓越贡献的一个明日黄花式群体,"奔三博士一枝花,利国利校又利他",顾名思义,读到博士一级,对国家学术之发展、计划生育之国策是有利无害的,且能读博士的女人,一般是眼睛里进不得半粒沙子、鸡蛋里挑得出半块鸡翅的,看到小小男女生花前月下卿卿我我,必是河东狮吼棒打鸳鸯,此举在我校本科评估中有力地维持了校容校貌,受到有关部门的特别嘉奖。更因某些小男生在热恋中被尖叫吓倒后从此谈爱色变,为一旁吃醋多年的些许男生提供了大好的乘虚而入、横刀夺爱之机。三利齐举女中有豪杰,杰中有豪女博士奔三。每每言谈及此,我辈读书之人无不肃然起敬。

如是,不得不提一副对联:本科生、研究生、博士生、生生都有一本难念的经,越来越难念;双六年、二八年、奔三年、年年都有一种无言的痛,越来越无言。此对联出自奔三之大代表、女人之大不嫁、博士之大有为,本人极具传奇色彩的一师姐。曾听她讲,当年偶读一书,书中曰,女人读哲学,不仅糟蹋了哲学,更糟蹋了女人,心中甚是不服,遂剪断七姨八太的根根红线,毅然跨进哲学博士的大门,如今向她请教,观她心不在焉,戚戚然有点多愁善感的回答,哲学还是当初的哲学,博士还是当初的博士,可女人还是当初的女人吗?

汗颜,奔三时代竟然将曾经浪漫不羁的师姐变成愁思满肠的黛玉族。据可靠消息,这位师姐江湖人称剩女侠,可女侠也是女人啊！不就是从双十走到奔三嘛，加个剩字又何妨，物还以稀为贵呢，剩的不多乃精品，说话怎么会有点悔不当初的酸醋味呢！难道真是围城里面的想出去，围城外头的想进来！

其实还有另外一种说法，柳下惠前辈有言在先，女人，就是要生在一座固定的院子里，每日做一个女人应该做的事情，切不可红杏出墙……确实，奔三的女人也一样，更何况是才华达到博士一级的女人，每日做自己的事那是要遵守的，可红杏出墙在今天已是政策允许，男大当婚女大当嫁，不主动爬上围墙向外头抛个媚眼飞个香吻什么的，那是走向落伍的前兆，是奔三的大忌。

值得庆幸，奔三师姐虽貌不出众，然才华非同一般，曾经在网络上风靡一时的论坛——"我奔三，我快乐，女博士乐园"，就是她建立的，她的成名热帖乃广为流传的"出师表之女博士篇"：

奔三终别单身，而中途攻博，今暑期结束，父母忧心重重，我又当离你读书，此诚婚姻存亡之秋也，然我爱你未改初衷，一生只等你一人，盖爱你憨厚稳重，欲与你长相厮守也。你宜暂当奶父，以绝第三者之念，谨慎一切舞会饭局，不宜乱喝啤酒，以防美女傍身。衣着打扮，普通为好，西装革履，不可夺目。若有女性骚扰及拦路放电者，宜付警察关其禁闭，以惩天下风骚之货，不宜慷慨，使银子轻打水漂。牡丹卡、金穗卡、龙卡、购物卡等,皆放抽屉,内存不足,乃因处攻博时刻,我以为人生之事,前途最重,暂时困难,相公体谅,必能合家欢乐,否极泰来。

寡妇××,身量苗条,体格风骚,守楼已有三年,人称奶爸杀手,所以你得特加防范。我以为送小孩做午饭之事,最好避她,必能使她无机可趁,无手可下。亲男人,远女人,此丈夫所以真男人也,亲女人,远男人,此丈夫所以小男人也。

我在时,每与你论此事,未尝不叹息痛恨于不忠之夫也。玩升级,斗地主,看电影、聊QQ,此皆下班娱乐最佳之工具,愿你玩之乐之,则你我之情,牢不可破也。我本博士,混迹于学校,苟全贞节于世纪之末,不求你千依百顺。你不嫌我奔三,愿意娶我,三顾我于温柔之榻,撩我入缱绻之乡,由是难忘,遂许诺非你不嫁也。

婚后返校,离子于周岁之际,别夫于亲吻之间,二胎亦有三月七天矣。上天妒我幸福,故变政策以打击,通货膨胀,物价上涨,工作不分配,房子亦不解决,故倍感无奈,长吁短叹。幼儿要上学,交费不减,当勒紧裤带,咬紧牙关,赡养父母,不可怠慢,待我毕业。此我所以爱你嫁你依你信你更甚也。至于长夜难眠,来日方长,则你我夫妻苦尽甘来也。今当归校,临表涕泣,不知所云。

此帖言真意切,可谓满纸奔三言,一把博士泪。就连当年的校长看到此文后,也是两手颤抖着在论坛跟帖,说的是博士来之不易，女博士更是读之甚难，奔三之女性，能撇开丈夫甜蜜、儿女亲情，来到书堆如山的苍白校园，实在是值得敬佩，虽然世易时移，博士已不再如先前走红，但女博士之奔三精神，当鼓之励之、学之继之……校长的跟帖让师姐感激涕零，也让这个奔三女博士的家园成为世人关注的焦点，著名作家余秋雨先生就曾把这一奔三论坛记载在他的《网络苦旅》第三章《莫忘奔三乐园》。

奔三师姐即将离校，然还有千千万万的奔三师妹跨入论坛，无论是抱着波伏娃的献身精神还是跟随柏拉图的恋爱意志，她们终究是来了，一批一批的前仆后继、舍生忘死，面孔有美丑之异、家庭有穷富之分，然唯一不变的则是，她们皆属于奔三一族，无论是八十后、九十后、还是零零后，无论是读哲学、读历史、还是读数学，终归要踏入奔三的时代，终归要面临奔三的考验。师姐说，既然不能改变历史，那么就让我顺应历史吧！所以没分配工作的她自己去找了工作，没受赠房子的她自己去解决了住宿。

做一个寂寞高手，那是奔三女博士在非专业领域的考验，师姐通过了，但是，她说，她宁愿没通过。我不知道这句话为什么这么矛盾，但我想，大概是因为我不属于她们那个圈子吧。

在斗争中成长

如果你来我们宿舍,一定要走楼下的大门,如果要走大门,一定会看到一对联,上面左右开弓用正楷写着:活到老,学到老。那正是我们宿管老头子的杰作。

倘若你认为老头子是位很有学识的人,那你一定会后悔,据说他小学没毕业,却特假正经,不管你长得多帅,都要经他严格审视,检查不合格是绝不可能上得楼来。没错,他就是一个顽固分子,一个与同学们不断斗争的老头。

我们戏称他为本拉登,因为他不仅胡须够长,脾气也够大,正值青春年少的同学,有哪个不会在月光下与女朋友稍微温存一下,他倒好,铃声一响,准时锁门,硬是不让浪漫的大家回宿舍,到最后实在没办法了,就搞出了个签名的玩意儿。

也罢,想拿名单去学院捅我们一刀不是,我们就依他,于是乎,诸如刘德华、张学友、陈冠希之类纷纷荣登榜首,每每学院领导都觉头疼,一不留神喊出个大明星,引得全场大笑。

本以为老头子会就此偃旗息鼓,却没想到人家不服老,竟然研究起时尚明星来,有位同学某日龙飞凤舞地签下周杰伦的大名，顿时被抓了个正着，硬是被逼着在楼下写了封检讨书。

老头子潮起来简直不要命，这真是让我们受惊不小，如是又改走历史路线，诸如贾宝玉、关云长纷纷登台亮相。可惜，好景不长，老头子又研究起历史来，不仅如此，短短半个学期，又活生生地啃下了姚明、科比等体坛名将，就连国内之鲁迅，海外之村上春树也接二连三被其拿下。

那"活到老，学到老"六个大字正是老头子意气风发之时书下的对联，我们虽然嘴上不悦，心里却由衷地生了敬佩之情。不过，敬佩归敬佩，早出晚归之传统我们是绝对不会改，也绝对改不了的。

据我们观察，半个学期下来，老头子已经开始记我们的名字了，有时甚至可以一次点出我们一路人的字号，这是非常危险的现象。我们肯定，由于平时大家说话不注意，互相大呼小叫地叫对方名字，老头子就是钻了这个空子，想到这里，我们不禁心惊胆战。

所谓道高一尺，魔高一丈，大家经过协商，既然做不到不说话，但不用普通话说还是可以的，当前最合适的语言就是英语，当然，虽然我们口语是普遍地差劲，但想到没上学的老头子都写正楷示威了，我们还有什么苦不能忍受呢！

下半个学期，我们除了在签名上继续下功夫外，另一个重大举措就是全楼英语，尤其是在老头子面前，更是故意张扬地聊上一大通,看着老头子一脸傻笑,那真是大快人心。

从某种程度上来讲,老头子终于被我们打败了,尽管他还在硬撑着抓我们晚归,但明显已力不从心,甚至有次还受到有关领导当面批评。这样一来,我们反倒心有不安,大家忍不住都安分起来,所谓得饶人处且饶人,咱同学的心也是肉长的。

与老头子和好的日子来得很突然,因为我们怎么也没想到,我们竟然在期末的课外知识竞赛中拿下冠军,而更大的喜讯则是六级成绩下来,本以为毫无希望的我们竟然全部通过,而这一切都得归功于与我们斗争的老头子。

再后来,有一天我们突然发现,在门口的对联上竟多了一个横批:在斗争中成长。我们看了忍不住哈哈大笑。

我是传奇

这座城,似乎只有我一个人。

之所以用似乎这个词,是因为在过去的很长一段时间里,我没发现除了我之外的另一个人,但这并不能保证在未来的某一天,不会有另一个人的突然出现,如果幸运的话,这个人还可能是女性,如果再幸运一点的话,她或许还很年轻,很漂亮。

我在一个美术室发现一台摄像机,这让我在很长一段时间里忘记了孤独,我想,这些年来,自己的摄影水平绝不会比任何一个名家差,而我的那些作品,保证是独一无二,一座一个人的城,它的风景该是多么迷人。

城外到底是什么样子,我不清楚,因为从六岁开始,我便进了这座城,从未出去。后来,不知道什么原因,但我猜,可能是人越来越少,而这座城却越来越大,巨大的反差终于导致这座城突然空了,那些熟悉的人在某一天,接到某项指令,便突然离开了,走得一干二净。

他们离开的时候,我刚好被倩倩甩了,所以一个人躲在最大的那座图书馆,啃了三天面包、读完了厚厚一本书,解脱似地出来,却发现我的城已经变了,充满诡异。

这座城通往城外有两条路,一条地铁,穿过地下河,往日里每天都人来人往,现在却连一班地铁都不见了,我曾经试着走出去,可地下铁路绕得厉害,转来转去还是回到了原点。另一条是公交线,这条路线很清晰,可惜,公交车似乎跟地铁商量好似的,停了,更让我难以接受的是,通往外城的高架桥塌了,我彻底被困在这座城里。

还好,这座城不缺食物,几个大型超市可以让我吃一辈子,也不缺娱乐,篮球场、足球场,甚至还有高尔夫,如果想看电影,还可以找几张影碟,一个人拥有这座城最大的影院,看一场恐怖片,那是一种绝妙的体验,真希望自己被吓死。

可是,我没有死,我通过电话、网络等各种方式向外面传递消息,可惜,通信都被屏蔽了,他们怎么可以把我一个人扔在这里,他们什么时候回来,这是没有答案的疑问,事已至此,我只能勇敢面对。

为了不让自己失去语言能力,我把美术馆的模型拉到大街上,在他们背上写上熟人的名字,每天跟他们打招呼、聊天,直到感觉累了,便道一声再见,下次再会吧。

我的生活越来越有规律,因为这座城市由我来主宰,直到有一天,我在一个实验室发现一架物理望远镜,它改变了我的生活。

这架望远镜虽然不能让我看到城外的世界,但却大大加强了我的侦察力。当我每天正午时分,站在最高的楼顶,用望远镜细细地横扫各个街区,便更容易发现一些被我遗漏的细节,比如一只野兔、一条蛇、还有一头牛竟然肆无忌惮地走在大街上,我得赶紧去驱赶它们,否则,再过些年,这座城便不属于我了,自己最多算是这座城的一种叫做人的动物。

望远镜充实了我的生活,当然不是指以上所描述的跟畜生打交道,而是在某个意外的晚上,我不经意地拿起望远镜,发现在这座城的另一边,有一丁点灯火,虽然一闪一闪的,但却激起了我无限的希望,有人,竟然还有人,无论这个人是谁,我都爱这个人,因为这个人是人。

其实那个晚上我并没有找到这个人,因为这座城太大,等我走到那边,早已天明了,尽管我呼喊了半天,却没人答应我,当时的我有种无比的挫败感。我必须找到这个人,所以,当天晚上我并没有回去,而是待在原地不动,等着灯光亮起,可惜,等了三天三夜,我没有找到那丝希望的灯光。

或许只有站在属于我的那座楼上才能恰好看见那丝灯光,所以,我毅然地回到原地,令我感到安慰的是,那天晚上,灯光再次呈现在我的望远镜里。

其实,早在许多年前,我便已经在这座城的各个重要路口打了横幅,写了我的名字,我的住处,我的愿望。可惜,却没有任何人来找我。如今我找到了一个人的可能存在,无论对方是否愿意接受我,我都一定要去找他,不惜一切代价。

我在楼下随便找了一辆车,花了整整三个月的时间,终于可以在晚上奔驰在各个街区。所以,那个冬天,我迫不及待地循着灯火奔驰而去,苍天不负有心人,终于在一座挂牌为数字办公楼的地方找到了灯光所在。十一楼,为了安全,我没有坐电梯,兴奋的我气喘吁吁地往上爬,可是,当我敲开那扇亮着灯的门,却发现,有一位白发苍苍的老人刚好趴向桌面,再也没有起来。

老人是数学系的知名教授,我在很多年前就看过他的报道,我本可以和他做最好的朋友,却因为自己迟来一步而失之交臂,看着老教授冰冷的尸体,我再也忍不住号啕大哭起来。但是,我的辛苦却并没有白费,因为在我痛哭的时候,有人递过来一面纸巾,对我说,不要难过,爷爷走得并不痛苦。

递给我纸巾的女孩跟我一般年纪大,她告诉我,多年前老教授和她本可以一起随大队撤退,但老教授不甘心,近百年建设的这座城,绝对不可以因为某项指令而放弃,这里有他最满意的实验室,有他一生的心血,所以,他留了下来,带着他的小孙女。

从女孩那里我才知道,这座城的荒芜跟生源的急剧短缺有关,这座城本叫大学城,但没有学生的大学还叫大学吗?女孩说,自己是爷爷唯一的学生。我点头,告诉她,她也是我唯一的朋友,或者,还可以成为女朋友、妻子。女孩便笑了,问,那你是谁。我是谁,我的名字早已忘记,如果硬要回答,我愿告诉所有人,我是传奇。

为小白兔鄙视我们的爱情

我们从来没有这么统一地爱过一个人,而且,为了打败共同的情敌,在中心湖畔,所有男生集合在一起做了秘密的讨论。

女孩清纯地像只小白兔,阿依莲的纯白裙子,修长的身段站在我们面前,如果哪个男生不动心,那一定是虚伪。

但哪个男生过分地去爱,去表白,即便不被我们群殴,也会被学校开除。倒不是华师保守到不准学生谈恋爱,而是小白兔是我们的辅导员,但刚刚毕业的大学生,对我们关怀备至的大美女。

我们曾一度猜测,小白兔到底有没有男朋友,元旦节那天,乘着真心话大冒险的游戏,我们问,老师,你有喜欢的男生吗?小白兔犹豫了许久,莞尔一笑,回答,有啊。那一刻,我想所有的男生应该都会觉得遗憾,老师终究是有了男朋友。

不过,还没等我们反应过来,小白兔又补充到,班上的所有男生我都喜欢,所以,你们一定也要喜欢我哦。那是必须的,我们发誓,谁不喜欢小白兔,就诅咒他去死。

可是,细心的女生还是发现,小白兔在犹豫的时刻,脸颊微微透红,也就是说,她终究还是有男朋友,有属于她的爱情了。

男主角到底是谁,我们曾一度利用校园网、微博、QQ等手段人肉此幸福男生,最后,感谢新浪微博的好友圈,尽然不小心自动推介了小白兔和我的共同好友,还提示我去关注他,结果,果然在此男相册里发现了小白兔的靓影。

帅气,看起来很有内涵的样子,而且还跟小白兔毕业于同一个大学,只是小白兔来了我们学校,他却飞去了北京发展。我们一直搞不懂,世界上竟然还有人愿意离开小白兔而去追逐什么事业的发展,这样的男人即便成功了,也是没什么幸福感的男人。

可是小白兔似乎心甘情愿,许多次,我们看见她独自坐在砚湖旁打电话,那种神情,分明就是在倾诉思念之情,那种姿态绝对不是一个辅导员老师的姿态,而是正在热恋中的女孩依偎在男朋友怀抱的姿态。

尽管我们希望小白兔只爱我们,但爱情这东西,我们也说不清楚,既希望她快乐,又希望她的男主角根本不存在。

转折点发生在期末考来临之际,有人从男主角的微博里看见,他要来广州出差,也就是说,他肯定会来看小白兔,经过证实,此事属实。

所以,在焦虑的等待中,小白兔或许永远都不会知道,一项跟踪偷拍计划已经经过细密布置得以完善,只等激动人心的时刻爆发。

小白兔主动拥抱了,从六十度的角度看,似乎还亲吻了,持续时间三十二秒,我们以为小白兔是幸福的,便像一群狗仔一样把相片拿给她看,可是,小白兔哭了,狠狠痛骂了我们一顿,甚至在最后时刻,还不顾身份地把桌上的课本甩在我们身上。

一直以来,我们都以为是小白兔因为我们侵犯了她的隐私而动怒,导致我们在后来的三年中总是对她规规矩矩,不敢有丝毫调皮,即便陆陆续续所有男生都有了自己的爱恋,也不敢与她分享。直到毕业那天,当我们再次鼓起勇气向小白兔提及那位男主角,只见她淡淡地笑了一下,告诉我们,那次见面,只是分手最后的纪念。

原来小白兔是为了我们才放弃北上,才放弃爱情,我们所有的男生都忍不住掩面,如果还有如果,如果能再回到三年前,为了小白兔,如果那个男生去谈恋爱了,我们一定会群体鄙视他,诅咒他不忠贞,没眼光。

黑白无常

告诉你个秘密,我是中国第一批大学生村官之一,一起下来的,还有我的女朋友。

以前的同学总戏谑我们为黑白配,因为我有个绰号叫包黑炭,而我的女友,又长的格外白净。可来到这个小村之后,村里的人大概是没读过什么书,竟然给我们取了个名字,黑白无常。很明显,这四个字带有厌恶、恐惧、不吉利的意思,我们是一对失败的村官情侣。

曾经一度,我躲在宿舍对着镜子拼命地搽雪花膏,然后问女朋友,还那么黑吗?而她则放弃所有化妆品,整天素脸一张,也不打伞，为的只是不要那么白。我们总是互相鼓励，两年时间，我们一定要做一对合格的村官。

可什么叫合格？村长说，既然下来了，我们是欢迎的，不过，底下的生活你们得慢慢体会，千万不要再耍什么书生气，当然，有些东西一下子说不清楚，以后你们会明白的，你们只要记住一点，大小问题认真向我汇报。

我发誓，我们绝对没有摆出那么一丁点书生架子，而且，我和女朋友三天两头往村民家里跑，可以毫不夸张地说，那段时间的实地体验胜过四年的书本学习千百倍。

如果你硬要追问些细节，那么我告诉你，我们看到很多奇怪的东西，比如说，张伯家穷得连床都没一张，可我们到了之后，张婶马上去商店提了两瓶好酒回来，而且，开酒瓶的熟练度令人吃惊。果然，我们离开时发现，门后的酒瓶堆的小山样高。

我向村长报告，还特意强调没有喝那两瓶酒，村长点点头，然后又拍拍我的肩说，你个包黑炭！不愧为名校下来的高材生，你们的做法我很赞同，能体谅别人的难处，这是好事，但是，具体问题要具体分析，有时候一味拒绝别人的好意也不对，那样会挫伤群众的积极性，觉得你不讲人情，觉得你行为怪异，这样子也不好嘛！

这话我是不敢苟同的，要不是女朋友在背后扯了下衣角，我肯定会据理力争，把国务院颁布的村官制度认真讲解一遍。

然而，事实证明我错了，因为就在第二天，我远远地朝张伯打招呼，他却跟见了鬼似地跑了。其实不仅仅是张伯，其他村民也渐渐跟我们疏远。

我们成了真正的黑白无常，大白天走在路上，一黑一白两张脸左右晃荡，除了小孩，再也没人搭理，而晚上，更是躲在宿舍不敢出门。那段时间真的很痛苦，女朋友也是深夜不得睡，垂泪到天明。

我们决定妥协，当远方的同学寄来两只家乡烤鸭，我和女朋友亲自提到村长家，好好地交流了一番，还向村长求情，女朋友实在不堪风吹日晒，希望能调到村委会做文员。

村长豪爽地答应了，还一个劲地拍我的肩膀，底下苦是苦了点，可锻炼人呀！小伙子有上进心，不错，没事常来家里坐坐啊！

后来我才知道，原来农村生活同样精彩，我们所有的吃喝都是原生态，村民自家养的土鸡土鸭味道就是不一样，村长还介绍说，等过年搞几只穿山甲让你尝尝。于是我笑了，大家也跟着起哄。

我和女朋友成了村子的红人，村民的热情让我们格外感动，他们不再疏远我们，还主动找上门来求助，比喻要建个砖厂、开个鱼塘、生个小孩等等，这些都是一句话的事，我们当然乐意效劳。

村里人不再叫我们黑白无常，有的甚至改口叫包青天，这时候，我的心便会飘起来，飘向山外，飘向当初的誓言，也飘向了灵魂的深处。

作为中国第一批大学生村官之一,我和女朋友是成功的典范,你可以去百度一下黑白无常,一定会看到接下来关于我们的报道。在两年村官即将结束前几天,市委领导亲自下来考察,他们不仅带来了一个表彰,还带来了一副手铐。当我把自己所偷拍的种种关于铺张浪费的相片拿出来,当女朋友把一系列弄虚作假关于贪污的账目拿出来,村长狗急跳墙地痛骂,黑白无常,你们这对恶鬼。

然而,村长的骂声瞬间被另一种声音湮没,那一天,所有的村民都聚集在我和女朋友身边,高呼包青天。我笑了笑,拼命压住胸中的热血,轻轻拉起女朋友的手,对村民说,再见!

爱莲说

爱莲说是一幅图,不是通常那种或方正或圆润的形状,而是菱角突出,有种孑然傲立的气质。挂在办公室最显眼的地方,其寓意大家心知肚明,出淤泥而不染,濯清涟而不妖,这是单位一向的宗旨,我要讲的故事便从这幅图开始。

我是八月份新调来的实习生,但就在我来的那天,那副爱莲说大概是年代久了，掉了下来，恰好又在拖地，所以，图毁了，墙上一下子空了一块。

我们是一个很民主的科室，虽是小问题，但科长还是很和蔼地询问大家意见，我看了一眼墙壁，图掉下来的地方很怪异地显出白白一块，与整个科室的颜色很不协调。有人建议买个新图挂上，但像爱莲说那种菱角突出的图，如今的市场根本就找不到了；有人提议粉刷整个墙壁，但科长反对，说工程太大，领导肯定不同意。大家七嘴八舌，最终还是没能达成一致。

我仔细看过那空白一块，图脱落的地方，有一条明显的界限，那是灰尘铺盖与一尘不染的界限，图里图外完全两个世界，在灯光照耀下，那块白色菱角摇晃颤抖，像是正在被周边的颜色吞没，倍显诡异。

爱莲说的脱落是小事情，按惯例，争论无果通常就是不了了之，更何况单位接到紧急通知，过两天上级领导要下来视察，科长宣布几项重要工作后，大家便忙开了。

我是学美术的，任务是画一张本市旧城改造的结构图，科长语重心长地跟我说，画图很有讲究，有些原则必须遵守，不懂的地方跟小刘商量，说完便走了。

小刘其实不小，在我们科室年纪最大，据说已经待了十几年，画图的时候我便开玩笑问他，刘叔，在科室待这么久不闷呀！他看我一眼，苦笑一下，说，画图，赶紧画吧。

我怎么也不明白，城区那片历史遗迹为什么不在图上标明，刘叔见我追问，甩了甩手很不耐烦，叫你怎么画就怎么画，年轻人问这么多干吗！

我是瞒着刘叔把所有该标的图标上去的，然后直接交给科长，老师曾教我们，做图来不得丝毫掺假，这是一个美术生最基本的人格。

你们一定认为我闯了大祸是吧！如果是那样子的话，我心里或许还好受些。领导视察那天，我亲眼看见自己那幅图挂在阅览室，科长正激情昂扬地介绍其中细节，但我分明看见那些标记已被一扫而空，那一刻，我心里不知是什么滋味。

领导走后，科长兴匆匆在科室宣布，今天的工作很辛苦，但很成功，局里要犒劳大家，晚上一起去新华大剧院放松一下，说完便给大家发入场券。你们知道吗？入场券恰好少一张，科长抱歉地对我说，马上去找一张回来，当然，他是一去不复返。

我是大学生，当然知道祸根就是那幅图，但我没想到，自那以后，科室的人好像都躲着我一样，更不愿多跟我说句话。我觉得很委屈，常常一个人坐在办公室发呆，看着墙上那白白一块，只得安慰自己，实习就要结束了，再忍几天吧！

关于爱莲说那幅图，如果只是这么结束，就不能称之为故事了，在离实习结束前一天，我突然发现那块不协调的白色消失了，走近才发现，有人用灰尘刻意洒在上面，使整个墙壁变得统一、和谐。

这个办法的确简单凑效,只费吹灰之力便大功告成,但任何手段都不可能完美无缺,只要认真观察,那些菱角还是会隐约露出来,从我们美学的角度看,那白并未被掩盖,而是变得更白了,当然,这个世界懂美学的人并不多。

我决定用自己的方式结束这段实习生活,所以,那个晚上,我画了一幅图,它的名字叫爱莲说,它的形状与先前被毁掉的那幅一模一样,除了菱角突出,我还很兴奋地在画上题了词:莲之爱,同予者何人!

我把图轻轻挂上科室那片墙壁后,便悄然离去。

请让我留广州吧

是的,我毕业了,希望留在广州。

倒不是因为我特别喜欢广州这座城市,而是莎莎说了,离开广州,就等于放弃她,爱情就是这样,罗曼蒂克之后,便是很有惯性的D大调拉扯曲。

可是,外省的同学伤不起啊!如果只是莎莎个人意见,只要我把甜言蜜语说上个天昏地暗,多半可以瞒天过海,智取岭南美女,问题是必须留广州这一条是她母亲提出的,并且在这一条后面不知道是不是还有 n 条正呼之欲出,愿主保佑。

不过老师说了,明知不可为而为之,此乃真丈夫。为了成为莎莎心目中的真丈夫,我痛下决心,对莎莎发誓,拿不下广州绝不回家,咱私奔。

当然,那是玩笑话,其实我手里基本上已经拿到了一份 offer,之所以说基本上,是因为老总昨天拍了拍我的肩,告诉我,实习表现不错,再拿出一份好的创意来,证明一下你是我要的人。

我相信自己的脑瓜子,作为曾经的点子帝,别说一个创意了,就是三五六七八个也绝对没问题,所以,老板说话时,我欣喜若狂,太好了,莎莎终归没能逃出我的五指山,丈母娘,你听好了,不就留广州嘛!您就放心吧。

然而,当老总将活动主题交给我,并诡异地笑着离开,我便知道出事了,自己上了大当,竟然让我做什么泳衣广告,还是三点式。我似乎看见伟大的丈母娘女士正幸灾乐祸地看着我,只等着我主动投降、放弃,然后灰溜溜地离开广州。

其实我的绰号除了点子帝之外,还有很多,比如小灵通。据可靠消息,学校的游泳池正准备开张大迎下届新生,所以,在某个很不经意的早晨,学校的公告栏上便很醒目地打出了一条横幅:华师的美女在哪里?

接下来的情节我想省略三万字，你只要记住一点，我成功了，成功地完成了老总交给我的任务。

所以，当莎莎却很傻、很天真地拉着我说，老妈答应我们了，还很神秘地告诉我，其实学校旁边那几家泳衣店都是老妈开的，最近生意太好了，老妈夸你聪明呢！待会儿让我叫你一起回家吃饭。

废话，既然老总已经确定留下我了，且考虑到猎物已经到手，自己都要做上门女婿了，便不无得意地在莎莎面前炫耀，你以为小灵通这称号是白叫的？两年前我便知道那店铺是你们家的了，要不然我也不会这么花心思。

看着莎莎花容失色又无可奈何的样子，我心里简直乐开了花，拉着她的小手便要直奔丈母娘家而去，一副奸计得逞的样子连我自己都觉得恶心。

可惜，有些话我不得不说，有些苦还请大家与我分享到最后，当我假正经地拉着莎莎进家门，你们猜遇到神马情况，老总客客气气地对我说，欢迎光临。然后莎莎甜甜地叫了一声"爸"。

晴天霹雳，我算是彻底被莎莎一家给算计了，一次倒也认了，关键是以后待在广州，咱哪还敢再有什么鬼点子，所谓点子帝、小灵通，神马都是浮云。